我與貍奴不出門

黃麗群 著

輯一　獨坐

輯二　犯口舌

輯三　驛馬衣祿

輯四　拜文曲

輯五　近人情

輯六　須彌芥子

【代跋】

風捲江湖雨暗村，四山聲作海濤翻。
溪柴火軟蠻氈暖，我與貍奴不出門。
〈十一月四日風雨大作．其二〉，陸游

· 獨　坐

與世界單打獨鬥

我並非有意識地開始寫作，這句子聽起來很怪，好像患夢遊症或鬼上身（雖然說的確，任何創作活動多半有夢遊或鬼上身的成分），但你明白我的意思。從小我是班上那個不說多說不動強動的女生，是那個寫國語作業勝過製作美勞或做實驗的前十名，是那個讓家長安心參加家長會的小孩。凡事最多也就是在課本上亂塗鴉或者懶得抄筆記。學期末成績單上一般有四字點評，每年我收到的都是些簡直不知在說誰的「循規蹈矩」、「溫文儒雅」、「知書達禮」；當然偶爾忘了帶手帕衛生紙，也會被竹條抽手心，被抽過手心也會大發恨願：「以後我也要當老師，你小孩就不要被我教到，我天天打他。」

就是這樣一般般地長大的，因此實在難以解釋為何會走在這條不算康莊的道路上。或者也可以說根本沒想過自己要去哪裡。我明白世俗價值長著一張怎麼樣的嘴，我合理而小心地滿足它的牙齒，得以避開大部分的咀嚼或唾吐，想一想它對我也還不錯，也有一些趣味，未必都是厭倦，但我內心不帶什麼表情。英文有時說：「Life is a bitch.」（生活是個賤貨），現實種種之於我而言也是個賤貨，我們彼此皮笑肉不笑，我們彼此各取所需，一概貌合神離。

然而在這不關心又深深無可避免之中，有一天我忽然發現，也有一件事，也有一種方式，讓世界無從介入，不可介入，即使是人類侵略性這麼強的同類都難以剝奪，無論是敵是友都只好隔岸觀火，這件事叫做創造，它最原始的形式是生殖，以自己的基因造出新機體，攜帶各種最微小徵兆在時間裡漫長地傳遞或突變，世界上畢竟不會有同一張臉，不會開同一簇花，但它們的訊號一直都在，堆成人類生活神光離合的沙丘，成為三千年後一念想，五百年後一回頭。我想，包括寫作，任何創作活動，無非都是這樣一件事。

§

那是一九九七年，網際網路行世未久，google 要一年後才成立，facebook 七年後才草創，筆記電腦是非常貴的商務用品，擁有行動電話者十不過三四；我剛上大學，選讀哲學系，上過幾個禮拜的課後發覺不大有興趣，學校與同儕規規矩矩，沒什麼不好，但我與環境之間似乎也無話可說。

我常常翹課，應該說是幾乎不去上課，六年來書念得很支絀。沒錯是六年，因為中間為了避免成績太差遭到退學，技術性休學兩次；同屆同學碩士都讀完我才領到大學畢業證書。說起來也是少壯不努力，日後想想也有點後悔，那時若用功一點今日學問也不至於這麼差。六年過去我就是無系統勉強讀了點自己喜歡的東西，在家裡上網，東看看西看看，偶爾打開電腦的純文字記事簿寫點東西。那總是在半夜，電腦鍵盤敲下去一鍵一響都是黑影踩涉腦海的震動音。寫了有時會張貼給認識的朋友看（例如當年還在遠流出版社工作、才三十出頭的傅月庵君。我們也是「網友」起家的……）有時也未必，一個檔案開始了，完畢了，隨手輕飄飄覆在電腦桌面結束這一回合。

說起來，寫作上我與同輩相對算是非常晚熟，歷程也短，簡直雜亂無章，沒有師門或背景可言，也不曾參與青年的文藝活動或因此認識互相開啟知覺的朋友。的確是網路這東西製造了破口，某程度抹平舊有的線性傳承結構，也接受了一個像我這樣常在狀況外的自了漢。二〇〇〇年傅月庵慫恿我把大學幾年的稿子交給他出版，出了之後我自己也是搔爪就忘，繼續瞎混，畢業，進入職場。業餘時間一點一點地寫，有一搭沒一搭胡鬧三五年後心中茫然，試著把手上寫的小說稿子投給文學獎，運氣很好得到幾次，比較明白這之間技術上的操練不是全無結果。就這樣直到現在。

§

然而寫作這整件事，是可以像此時此刻如此「被詮釋」「被寫作」的嗎？這兩年因應一些邀稿場合，的確寫過一兩次這類稿子，但只是愈來愈懷疑，愈感到徒勞，也很心虛。我一路寫得其實不多，過去十多年也一直有正職工作，之所以未敢選擇成為全職的寫作者，其中一個原因是我不認為讀者或市場在供養或支持創作者上有道德義務，那麼，作為一個基本的個人，入世，盡力理解世人與世人的行事（不管喜不喜歡），以及保持自立的能力和條件（不管需不需要），在我而言或許是比獻身於創作更優先的事，同時我也沒有膽量在物質上陷入過於不安或依賴的狀態。做一個依賴的人實在過於大膽。近年我對「專職／職業創作者」的「職業」有比較不同的理解，既然稱為職業，就代表有老闆，它或者是國家，或者是讀者，或者就是自己（當然也可能混合持股啦）。我既選擇了自己，那麼，分身賺點錢自行贍養之，似乎也是合理的吧。

另一個原因是生活完全抽空現實空氣，或許並非好事。創作不能被「養」得太好，太安閒，太尊貴；但也不能太折損，太潦倒，太孤絕，像小說或電影藝術家窮到吃土，沒有暖氣，每天只喝一碗清湯粥，被房東趕出去，一隻眼睛已瞎，牙齒掉好幾顆，最後支離病骨燃燒出作品如流星壯絕衝擊地球的沖天燐火……大概因為這典型的想像既充滿奇麗戲劇性，又具備安全的滿足感，實在難以割捨，畢竟別人的犧牲總是最有參考價值，導致創作者常擔心自己若不忍痛吃苦反而成為一種倫理缺陷，但或許……健康好一點也沒關係吧，生活條件穩定一點也沒關係吧，讓生命慢一些長一些，持續地去抵觸，去愛去恨，去記去忘，去成為一根尖刺，但也去成為一場擁抱。

所以最大難處對我而言，大概是如何不斷調度各種現實條件，找出適切的抵抗位置，持續地代表自己向世界頂嘴。向世界頂嘴並不意謂不斷反射地即時地對各種現象發言（啊這臉書時代），它其實極可能非常沉默，是意志裡一磚一瓦的築堤，只為了預備抵抗某一天某一刻忽焉而來的滅頂與侵略。創作者常常抵抗，問他們抵抗什麼？

各種答案，威權或極權，不認可的價值，庸俗，慣性，遺忘，其實都是殊途同歸逆賊反亂捉拿現世破綻的一份心。是不安於室，就走出門，在天地的夾縫裡站成一個疙瘩。

每個有機個體終究經歷的是剎極不復的過程，時間真少，性命真短，人類生活真孤獨，意義太虛空，因此我想以我而言寫作其實也沒有什麼玄而明之的道理，無非就是在各種可能時候，全力爭取一點不為世人世事所縛的口吻，爭取一種堅硬態度，誰也幫不上忙，誰也不必幫忙。大多時候那當然很痛苦，並不快樂，也並不享受，因為寫作就是像瘋的一樣自己為自己穿上束縛衣，在精神的密室中爭戰矛盾廝殺，攻擊思想，掠奪意義，但是，做為一個人，我以為，與世界單打獨鬥是種高貴的練習。

疊疊樂般的地獄與天堂

有個不怎麼科學的說法如下。世上有兩類型人，一種在群體中呈充電狀態，另一種則悲慘地根據能量守恆原理自然呈漏電狀態。充電狀態者總是「活潑潑地」，漏電狀態的人正好相反。我完全是漏電那一類，童年排斥營隊活動，少年厭惡家族聚會，感到成年最大的恩惠是終於能夠不想出門就不出門，不愛見人就不見人，並且十分欣賞各種不被打擾的嗜好（最重要的是，它們可以理所當然作為不被打擾的理由），例如拼圖，手工藝，跑步機，坐在衣櫥裡（當然是童年個子還小的時候）。噢對，我且永遠選擇角落或兩側無人的那部跑步機。獨處對我是天堂。

所以有時在內容農場（或自我成長書目）裡看見各類苦口婆心的套語或詰問：「如何與自己對話」「和自己相處的十二步」「享受孤獨的況味」「你知道孤獨與寂寞有什麼不同嗎？」或者「給彼此獨處的空間」，我既理解也不理解：我理解它為何是個議題，不理解它為何總帶有教示意味。躲懶避靜或許只是怠於應付同類（像我），天性趨光也未必就是沒辦法安頓自己：有些人偏偏喜歡看世界也喜歡被世界看，不行嗎？

樂於獨處或擅長獨處，會不會其實無關境界高下呢？或許它就是人在年富力強時另一份特別的紅利。表面上，獨處是牽涉精神與安全感的問題，是無所住而生其心的問題；實際上，它非常現實，它談的是健康與經濟的條件，是不過度旺盛也不衰弱的體力，是因春秋正盛而對人世保持最少的恐懼與合理的興趣。一切成本和擁有良伴同樣地高昂。

當然獨處不會只是物理式的數人頭。就像一個人捲在密室的被窩中央，仍能向世界打開一切或被世界打開（看看他邊刷 instagram 邊傳 line 邊吃吃笑那傻樣子）；有時兩人或眾人之間的編織與對話，漂亮得像星星堆滿天，過後才發覺那不過一場觀落陰。他人即地獄，地獄的恐怖其一在於除了地藏王之外沒有誰真正具備下去的心意與能力，其二則是我們常常誤會自己是地藏王。因此對我來說，獨處的奧祕有時是化學作用，是時間而不是空間，是精神裡偶發元素反應的千分之一秒，那很難解釋，大概是人事物地在雜亂的排列中相撞了，產生強光，照在一個理解以上而頓悟未滿的位置，像電影裡誇張插入角色內心獨白的橋段，不管什麼場景都啪一下四下全暗掉，只有一個人與一道聚光燈。有時我們獨處，是為了奮力排開世界，以求取這千分之一秒的降臨；但也有時候，這千分之一秒剎那奔來，彈指就退下萬物，留下你與你心裡一點寫亦不能寫，說亦不能說，只有你與神祇之間明白的意思。

因此獨處最可怕不是別的，而是太亮了，難免醜態畢露。就像假日若哪裡也不去，未免就有點邋遢，歪歪倒倒的，誰一個人在家走來走去擦地板吃泡麵時，還配合了適宜打光的全妝與盛裝呢？（如果有，那其實是個很好很可怕的故事角色）。世上沒有什麼比自顧自更舒服的事了，而所有的餡都是舒服時不小心露出來的，數千年前思想家已經提醒他的追隨者「慎其獨」，自己對自己無意袒現思想，往往令人沮喪：這一段無法超越，那一段不太清明，所以就別再說他人是地獄了，最需要普渡的根本是自己；也常聽女明星受訪的口頭禪是「傾聽自己內心的聲音」，這也是很好很可怕的建議，我的意思是說，對於即將聽見的事，大家真的有心理準備嗎？當然，我從不懷疑人能對自己說謊到什麼地步，這或許也是獨處真正困難的原因，一手瞞自己，一手又拆穿，獨處就是這樣一個疊疊樂般的地獄與天堂。

全家不是你家，銀行才是你家

美國發生過這樣一個案子。密西根州一名女子 Pia Farrenkopf 約於二〇〇九年死在家中車庫的汽車後座，二〇一四年才被發現：之所以被發現，乃因銀行約有一年未收到房貸匯款，催繳無著，逕行查封，並派維修人員進屋巡視兩次。第二次才發現車子裡倒了一個人；遺體已木乃伊化，只能推斷死亡時間，確定沒有外傷，房屋沒有外力侵入跡象，無法判定死因。

因為非常詭異，官方試圖釐清她在二〇〇四到二〇一四這十年究竟發生什麼事；當然，最後五年其實沒有發生什麼事，她就是坐在車裡而已。但正是因為「沒有發生什麼事」才讓一切顯得非常有事：這五年來她的房屋看起來毫無異樣，她的信箱不曾塞爆乾乾淨淨連張廣告單都沒有，她的草皮像是停止生長持續整齊，她的水電規費從未遲繳，甚至還有她二〇一〇年州長大選的投票記錄。

調查一整年後，答案是這樣的：她生前非常討厭收信，曾多次和郵差表示：「可以不要送信到我家嗎？」郵差說這於法不合，後來她的信箱開始堆積，當堆積到一個程度，郵差就整包帶回郵局，歸入招領郵件，然後繼續送新的信進去（以下循環）。水電規費房貸都是自動扣款。（二〇〇九年左右她的帳戶尚有八萬多美元現金，於二〇一三年扣完。）

她長期請一位社區鄰居幫忙除草（她住在中上階級的郊區），固定付鐘點費給他，她失聯後，鄰居還是繼續幫她除草甚至剷雪，原因是：「反正我也要除自己家的草，就順手幫她剪了，雖然她沒有付我錢，但如果她家庭院髒亂，會影響周圍房價。而且一間過於明顯的空屋也會招來小偷盯上這個社區。何況我還可以把我的卡車停在她的車道上。」後來這位鄰居搬走了，就由另外一位鄰居接手整理草皮的工作。原因基本同上。（真不知道這一切算冷淡還是溫馨）。至於投票記錄，據說是資料註記錯誤。

這則新聞底下我個人最愛的一則留言是這樣：「你死活都逃不掉銀行的。」（Dead or alive the banks will always get you in the end.）。不過大多美國鄉民對這個新聞的反應，仍是「好悲傷」或「難以置信」。我倒不覺得。生與死都難在潔淨，但她很潔淨。周圍的人也順手成全這潔淨。其實想起來，孤獨死是悲劇嗎？我以為孤獨不是悲劇，死也不是悲劇，孤獨死當然也未必。悲劇是死不了，以及至死仍黏答答地期待送往迎來，如果非要讓我說孤獨死這件事慘的一面，應該是它往往不自願地獲得不必要的自以為居高臨下的同情。同情一向不是什麼好東西。

在十二月

十二月的每一日跟其他時候的每一日沒有什麼兩樣。任何文化慣用的曆法都只是說法的一種，除了氣候、衣著與太陽的起落時間之外，它在生活中沒有實質不同。在十二月時你跟一月同樣吃麵包與米飯，跟二月同樣繳水費電費網路費，跟四月同樣餵著小孩小貓小狗，跟八月有一樣的喜歡以及一樣的不喜歡，也和九月一樣，呼吸停下時就離開。

然而人類懂得把無邊無際的時間摺疊起來。小時候我常想像一個沒有曆法的世界，憂心忡忡地煩惱如果有一天日曆都消失，那該如何知道自己是否已經長大，會不會哪一天變老了都沒有概念。當然這是個傻想頭，變老或長大它的本質，其實和時間並不相關。也常幻想如果沒有年月日時分秒，想著想著就嚴肅地發慌，那可真不得了啊，如果全世界手錶上砌嚓砌嚓不起眼的隨手一折就碎掉的秒針再也不響不動靜，所有的秒好像會瞬間彼此磁吸成地球那樣龐大的一整球，把人類的生活與文明都壓碎，坐在沒頭沒尾變成飛灰的世界裡，時間像是十億張鋪天蓋地飛散開來的方形彩色紙（國小美勞課上常用的），把眼耳鼻舌身意都掩蓋。不過，若有節令為刀，我們就能把色紙裁成條，把紙條黏做圈圈，再將圈圈扣成長長的套環，這些套環繞在身上，從此安心了。

於是十二月成了曲折的時間。一切都是將到盡處，一切都是又要回頭；後悔的反正都已做下，不後悔的也終究要褪散。日文稱十二月為「師走」，據說是描述一年將盡時僧道四處致送法會經書的場景，十方三世的往返周折，都是同樣一條從來處來又要回到去處的路。四月殘酷，七月流火，十二月卻是躊躇。

十二月躊躇，十二月是「不得不」。拒絕結束也得結束，懶得開始也得開始。我想沒有誰會因為日曆撕到最後而法喜充滿吧，即使這一年過得再不好都終究會遲疑，這是人的惜情。我記得二、三十年前常懸一種紙曆，紙上印了大大的數字就是一天，而每一天都很薄，每一天像身體上一片皮被揭開又放棄（愛物的家庭會留作小孩的計算紙用，或吃飯時墊雞骨水果籽）。我們這一代人童年作文的套語之一即包括「歲末年終，牆上的日曆原本胖胖的身體也變得消瘦」（啊，十二月也特別容易想起小時候），那時我常想向老師回嘴：「但過了最後一天他又馬上胖起來了啊。有什麼好可惜的。」但十二月的確特別讓人感到一種既抽象又具體的瘦，那瘦並不枯瘠，反而像伸展臺上的身體一樣充滿了空間與說法，又被深長地凝視。時間和此代的時尚一樣是愈瘦愈有存在感。

十二月曖昧。十二月的曖昧來自它疲倦中一點一點有光亮。不知什麼時候開始一到十二月總是要打起精神歡天喜地一下，西洋人過耶誕節，日本人辦忘年會，在臺灣則什麼都來一點。濟慈曾寫一首詩〈在夜鬱的十二月〉（In Drear-Nighted December），對於一個活在十八世紀末且患肺結核的英國人而言，他對冬景的抒寫可謂別開生面，他不說季節嚴酷或者風寒葉凋，不說雪像老人的白髮，卻說結晶的樹枝未免太快樂了吧，都不記得夏天的綠意；小溪中帶冰晶的水泡與與渦紋也未免太快樂了吧，都不記得阿波羅夏天的倒影（其實南半球的十二月正是夏天，阿波羅大概只是去避寒）。最後他說，那些為了好時光逝去而傷心的人，如果都能像十二月的冬夜一樣，能愛也能忘就好了。這很有趣，他詩體中的光景不算太陰暗，口吻也不氾濫（甚至都有點兒幽默了），但詩題中的「夜鬱」卻提醒讀者十二月的缺乏同情。然而這正是十二月，在北半球，十二月比十一月進一步地寒，氣質卻不如它決絕；比一月退一步地暖，態度又不如它振作。它不是陰鬱，不是狠心，只是進退維谷，它只能笑笑地快樂地忘。

當然這辯解也可能只是我偏心的腦補。我生在陽曆十二月裡，又因為是最後一天，住家頂樓能夠看見臺北一〇一大樓著名的跨年煙火，所以總是會邀請親近朋友當日過來，晚餐甜點都吃完，大約午夜十一點五十分，就群起嘈嘈而出，圍著圍巾登上頂樓（那裡已經擠了許多人），眾人在那充滿儀式性的、黑色的、還沒有光線爆出來的時空裡，即使熟悉也像素面不識，即使陌生也像同船一渡，一起等待全城巔峰為大家燃燒三分鐘發亮的浪漫的金錢。儘管理性也知道，日子裡除了生死與豆腐之外沒有什麼能夠一刀切，十一月三十日與十二月一日無甚不同，十二月三十一日與一月一日無甚不同，煙火前或煙火後的五分鐘當然也無甚不同。可是感性上，它們不一樣，它們的不一樣正來自人類敘事的詩意，這詩意為所有人抵擋沖刷，讓生活免於被完全削成屑末；實用者當然常說詩意無用，種不出米也養不活牛，可是如果沒有它，十二月就只是一個「每個人都往死亡更進一步囉」的小提醒；如果沒有它，人類的精神是徹底難以面對自然律之龐大與毫無慈悲的。

理想的老後

老年永遠不會理想的吧，不管再怎麼說。因為生為一個人就不是太合乎理想的事。因為人會變老本身就是最不理想的事。

何況老年難以定義。說是線性進程偏偏又根本沒有任何終點線拉在哪個位置。如果六十歲能稱老年，那五十九歲半算不算呢。人還非常依附家族的時代，老年與歲數關係似乎不大，講究的是死去活來地提煉，是被上一代的墳頭與下一代的背拱上去，例如《桂花巷》裡寫剔紅，三十出頭盛年美貌已儼然老封君。反過來是《怨女》裡有個閃眼即過的人物叫「大孫少奶奶」，因為輩分低，「抱孫子了，還是做媳婦，整天站班，還不敢扶著椅背站著，免得說她賣弄腳小。」我相信這個「大孫少奶奶」的心境一直都有少年的動盪與中年的不安。

而細細碎碎潑潑灑灑的這時代，老去這種過去很篤定的事也變得模模糊糊恍恍惚惚。

有一陣子我母親看電視最煩就是新聞稱呼五十餘歲的當事者為「老翁」「老嫗」。「我哪裡像老嫗！我像老嫗嗎？」「不像。」我沒有敷衍她。的確她直到六十歲時外貌都相對地年輕，甚至是她常常感嘆自己已經望七了的現在，看上去還是滿精神（但是我最好不要再加「矍鑠」），並不像普遍印象中的七旬老人。

不過這時她已經不再抱怨各種關於年齡的說法了。她變成：「噢我現在去哪裡都有優惠耶。這也不錯。」

此前我帶她到日本玩，去東京六義園看夜楓時，她注意到售票口有張公告大意是六十五歲以上半價，我說這或許只限日本國民，我日文不好也懶於多費口舌，那就是兩張全票吧。她一句日文也不會講，反而興沖沖說不然她去買，我說好吧。拿著護照去。的確成功了，得意洋洋地回來。「哎呀，省了一五〇日圓。老了也是有一點好處。」她說。我說還真是。

§

有時我猜要抵達理想的老年，必須先順利地、不受傷也不傷人地，最好還能保留一點興致地，完成了「認」與「服」的過程。不是屈從或者退守，不是所謂的認老或服老（它們總是有點無奈，像是被逼和了），而是清澈的認識，自在的服貼，終於寬敞的安頓。有點像在夾天絕壁間駕駛飛行器，出去了就是出去了，從此不同。但航程終究靠些運氣與天性。

當然理想的老年也跟任何理想一樣，也跟最純最純的黃金一樣，靠一點庸俗的雜質支撐（如果有人告訴你理想必須是張不能寫任何字的白紙，他是詐騙集團），至少健康狀況不能太壞；與壯年相較至少還剩六成的行動力；物質面也不過於困頓為宜，各種層面都無需仰賴誰的手心翻覆。生活裡人多人少不完全是重點，但沒錯，就像朋友說的，大概還是要有能對罵的晚輩比較好吧，像電影《東京小屋的回憶》裡的妻夫木聰成天跑到獨居的姨婆多紀（倍賞千惠子）家頂嘴，慫恿姨婆寫回憶錄，一邊讀又一邊懷疑老人的記憶不盡不實，還蹭炸豬排飯吃。

多紀姨婆堅持一個人住，也一個人死去，有時會看到一些獨居者（大多是老人）孤獨死的新聞，底下就有許多留言感嘆，好可憐或好可怕，對我來說這感想有些難解。我是說，第一反應的可憐或可怕或許也沒錯，但為什麼大家必然直覺了一種被圍繞、被拉扯、被記得的死亡才是正確的好死亡呢？那樣死去難道不也是同樣的腐爛嗎？為什麼我們不覺得或許有人也安然領受一個安靜的、寡淡的，萬緣清潔的結尾？好像太習慣一切都要熱熱鬧鬧，要苦苦抓住誰的手。誰的手都好。

因此有時我猜理想的老年就像多紀姨婆，一個人過兩個人過或許多人過都一樣，那樣地泰然，對待過去那樣地毋枉毋縱，也接受了人身被自由意志與天意交相把持後的種種結果。不鬧著討任何人摸摸。仍然保有足以痛哭的回憶，卻非常明白這種回憶多貴重啊，不能隨意拿出手沿街叫賣。為什麼我們這麼怕被忘記，怕被放開呢？或許理想的老年甚至不是「被（最好是許多許多）人惦記」，而是很確定自己還記得一件足以懷抱一生的事，知道自己活一次就是為了它的事。

其實我常感覺老境之於任何人，其實沒有那麼遠。也跟老不老靈魂無關，每個意識到身心在走下坡、每個自覺衰弱的時刻，都是一次小小的老年生活。例如病時。宿醉難醒時。嚼堅果崩牙時。飲食無滋味時。感官遲鈍時。記憶走鐘時。腰彎不下去時。怕吵時。萬事不關心時。前陣子看了一部神經兮兮的電影叫《約翰最後死了》，細節在此不表，總之故事中有些設定，不將時間看做一條長河，倒像是瑣碎分秒各行其是後紛紛匯聚的海洋，好像一個人，大概成年之後，就每天都會有些覺得自己「很老」的時間吧（只是漸漸會愈來愈多而已）。我常感到，所謂的老年生活，其實早就到了，例如說吧，在買半價門票的這件事情上，我母親的積極性，那可是比我年輕太多太多了。

一個人走，如帝王的夢

春天時我去了日本，從東京走西北往金澤去。先看見千鳥之淵的吹雪，而後是兼六園與犀川的滿開，櫻花柔質，但性子也極烈，嬌養難測，因此這接近完美的倒帶其實不在預料之內，好像大神慈悲手指撥了一下沙漏，景片在最好時光段落沙沙地重捲，似乎是說旅人遠來一趟，不好意思讓他空手而歸。

為了便於搭乘新幹線我住在東京車站旁，午後一抵達放下行李就出門，當時已經下了兩三天的季節雨，天低低的，預告此地花期即將收在一個不惹事的中音上，整個城市像穿著淡灰底粉紅細紋毛衣的女孩子，黑髮剛洗過，吹八分乾，淡香濕潤潔淨。

說起來沒什麼道理，但東京總是給我十分女性的印象。

循皇居方向往九段下行進，算是反著走（大多攻略會建議遊千鳥之淵該由九段下開始），冷雨微微，風時來時去，一抬頭都是花瓣飛散如星子撲打宇宙，河岸面東第一排高級住宅屋內燈光隨夜打亮，半空一方一方浸在霧氣裡像威士忌酒糖，我邊走邊猜，凝結在那裡面的人們恐怕對千鳥之淵是看到不要看了吧，然而他們與底下行人的愛恨傷心並不會有什麼不同。

擁擠的夜櫻路線讓我忽然意會到日本是沒有一個人賞櫻這種事的。甚至成雙成對組合也不算主流（大部分也是觀光客），最主要還是同事同學熱鬧結群，樹上是一團團，樹下也是一團團。樹上華期將散，樹下也不知聚到何時。

我就東張西望地拍照，隨走隨停，隨時改變主意，並不孤寂，也不艱澀難行。

§

像這樣自己走，倒行逆施，總覺得像帝王似的。一個帝王，未必注定要孤獨或者寂寞，但有一些最神聖隱祕的理解之境，他永遠只能一個人去。

和特別的人或者朋友同路，那是一向不錯，也有些很好的回憶；帶家人出門，勉強也還可以。

但我仍然非常非常喜歡一個人旅行。

大概有陣子常自己出差，關於這事我從不猶豫。獨自旅行感覺真正拋棄了生活的舊身體，像娃娃機裡的小玩偶忽然被拔起來，暫時被扔出那個看得見遠方卻出不去的，名為日常的壓克力透明箱（甚至還不是質感比較好的玻璃呢）。這幾乎是唯一一個不會有人隨時與你講母語、不會有人隨時與你談過去、不會有人提醒你本來是誰的時空。你完全就是你，也可以完全不是你。任何型態的旅伴都將破壞這完美的真與完美的偽。

一生有多少時間能如此呢？不想說話就不說話，不想配合就不配合，想睡就睡想起就起，不委屈自己不委屈人，凡事做到做不到都沒有壓力；過去不會追來，未來還不必去，一個人走，絕對當下，你就是你自己的君主，精神的小宇宙都要霸氣外露。

日本又特別適合一個人自助的新手。資訊豐富安全便利之外，最有趣是能夠體會這社會的集體視線感。以城市為主的行程，我裝束常如平日出門上班，聽耳機不開口快步在街道亂走，若沒有明顯觀光客動作，第一時間常被誤以為當地人；而一被誤以為當地人，往往就被納入他們眼角餘光如紅外線掃描的網羅。

日本人似乎極擅長以這種不正面交鋒、細膩擦邊球的餘光交錯，彼此牽制彼此觀測，看你行動是否合規格，看你腳步與這大都會的搏動節奏是否配合得剛剛好。或一旦他們認出你是外國人（例如，與旅伴以母語交談時），則會巧妙而不無一點優越感地，將你赦免也是篩出這無數場無時無刻進行的資格考。

作為觀光客，自知不必長期在日本人這視線感裡生活，一開始也有扮戲的新鮮。畢竟人大致都愛演戲。不是壞心那一種。然而一天下來回到旅館房間也多少覺得精神上有點喘。伊藤潤二畫過一部短篇〈無街的城市〉，整部作品都是窺視、面具、眼睛、赤裸、侵門踏戶等元素。我想他那時可能有點受夠了。

§

到了金澤就鬆動一點。金澤沒人。

東京直達金澤的北陸新幹線剛開通，石川縣還沒開始卯足全力地宣傳這加賀百萬石皇冠上的寶石之城。停留的那三天全城櫻花雖然高濃度大滿開，整個城市卻淡極了。（搭新幹線時，整個車廂竟只有三個人：一個西方背包客、一個我、一個日本老先生。）

晴天的下午，在銀座天一的金澤分店吃過天婦羅，買了以泉鏡花為名的最中與一罐櫻花茶，我就沿著犀川漫無目的地走。要走很長一段才能遇到幾個人。身邊唯有河水聲浩浩不可窮。

偶爾能看見遠遠的對岸有三五個著制服的少年少女在樹下野餐，吃得很清爽，水果、麵包與罐裝茶，幾個斜斜坐著聊天，兩個在旁邊拋接飛盤。他們背後鋪開一層新草的碧綠，又鋪開一層淡粉色的櫻雲，又鋪開一層全世界每一顆藍寶石都不配補它的天空。

那幾日恰好寒流（當時東京都內竟在四月下了雪），冰清的夜裡我吃過拉麵，穿小街巷走回飯店，街燈照在灰石磚的斜坡，一對可愛的高中生各牽一部腳踏車並肩走下來了。低聲說話的是女孩，男孩很沉靜地笑著，天冷成那樣，兩人的襯衫外只有制服西裝外套也不瑟縮，果然是北陸兒女。

後來掃起一點風，他們靛藍的肩膀上落滿了暗花。

看過金澤如此富甲一方的滿開，我發現日文漢字直寫的「花見」比意譯的「賞花」令人喜歡。「賞」這個字似乎一廂情願，有點自以為，甚至有點居高臨下。然而實情是花在那裡，不管你賞或不賞，花都是花，它自生自滅，就算你真是天皇在它面前亦無立足境。杜鵑不叫，殺它拐它等它，櫻花不行。

「花見」更接近平視的角度，更接近偶然的美，更接近人與天地的知遇。知遇如此難得。

§

在金澤日日奮不顧身地走，再回東京時才發現傷了左腳踝，腫起來，有一整天動都不能動。

一個人旅行完全開發出我橫徵暴斂的偏執面，每天不管不顧走十小時以上的路，行程表甚至定到幾點幾分那樣細。不過，金澤的公車並不準時，關於這點倒是有些喜歡。

腳不能動，就躺在飯店床上快樂地睡飽覺，看電視，上網，捲著被子打滾。自得其樂，不拖累人。一個人旅行的確跟國王一樣，不宜太年輕，太年輕窮於應變，也不宜太老，太老血氣衰弱。大概就是腳傷一天能好的程度最宜。

真不能錯過這時期啊。其實再早再晚都負擔不起這稱孤道寡的選擇。偶然在臉書上見人寫一段意見，大意是出門旅行若沒有陪伴，無論如何得找一個，否則很淒涼。我想想，其實也沒錯，世事無非各種交換。就像與人維持關係與生活，多半要以各自的折讓交換；一個人的旅行，大概也要以一點風險、一點熱鬧與一點摩挲取暖相濡以沫交換的。

當然未免有點壞心地想：沒有人陪就不願走的話，可能是從來不明白維持人情與對話裡的優雅迴環多麼累人，又多麼值得以一點代價為自己豁免。才會寧可拉上誰都好，粗手大腳樂呵呵的日子的確是比較好過。

其實說到底，不管幾個人，沒有一條路真正孤獨，也沒有一條路真正能不孤獨。

離開東京那天是週日，清晨抵達濱松町，要搭單軌電車進羽田機場，然而拉著行李上電扶梯時，小登機箱不幸往後栽倒，又大幸後面沒有其他人。我扶著另一枚較大的行李箱逝者難追身不由己一直往上去，遠遠看著它跌在扶梯底下，很艱困，喀噔喀噔地掙扎。後來不知怎麼回事讓它喬穩了一個角度，居然慢慢被輸送上來了。

後面有乘客出現。個個都很冷靜，像什麼都沒看到就這樣跨過去，非常有趣。我也很冷靜，一面道歉一面夷然地站在那裡等著它。

這大概是我此次一個人旅行唯一遇見的麻煩事。到了機場也還是買了些薯條三兄弟或 Yoku Moku 蛋捲什麼的，很順利地回到原本那個皮笑時肉不能不笑的生活。旅行或者王圖霸業，都是這樣的，往往如南柯一夢，而在下一次的出發與抵達前，就彷彿一直在那裡漫長地失眠。

回頭整理這些稿子時，發現不知不覺寫了一些避世之事。

仔細想想，寫它們的時候，生活充滿人煙，幾乎是霧霾。或許這跟年紀有關，例如我的貓，年輕時獨來獨往，其獨來獨往的程度是即使在小小幾十坪的公寓房子都能想盡辦法獨來獨往。然而到了晚年，他忽然變得非常依賴，人從外面回到家，貓就從房間踱出；人拍一拍沙發，貓就爬上來，整晚坐在一起。

我仍覺得我們所處這現世的問題並不在疏離或孤獨。有個已經顯老的感嘆是，大家聚會時不再看彼此的眼睛，也不聊天，只是沉默對住螢幕。這說法讓我膩透了。我倒覺得它幫助大家過濾那些其實不太想見的人，其實沒有意義的聚會（特別是家族聚會）。說得露骨一些，這時代社交資本的交換與展演早已經不在線下，人對孤獨的排斥感大概是前現代殘留的本能，確實，在從前孤立有礙求生，例如日本的村八分，但我們早已經不是活在那樣的世界了。在今天，若有幾個人，願意約出來吃個飯，而且約得成，那確實是真正想見對方的面，就算半途紛紛分心刷起手機，那代表不必找話說也可以，各做各的事也可以，這裡面反而有一種家常的安靜。安靜比熱鬧更親。

更何況熱鬧這件事，往往是湊出來的。而湊這個動作，難免不雅。

將主張隱隱相近的作品分類為一輯，自己也覺得是否不免笨拙。不過後來想想：對於不排斥或者很喜歡獨自蹲在牆角的人而言，應該無妨；而對於討厭孤獨的人而言，光明正大一次把這件事說完，便也不會讓人覺得不時被這個主題偷襲，也算乾脆。於是就這麼辦了。

·犯口舌·

吃點什麼，喝點什麼，說點什麼骨鯁或帶刺的話，吞吞吐吐的人類生活。

一直也沒有意識到陸陸續續寫了各種口舌有關之事。對於吃東西我其實很草率，有好東西，也吃，也喜歡，也頗覺樂趣，然而如果讓我選「人不必吃東西」與「人得吃東西」，我還是選「人不必吃東西」。不過，不吃東西，省下來的時間與精力，想想也不知道要幹嘛。所以還是吃一吃吧。簡而言之，我對吃沒有執著，也沒有專注討論的興趣，對於以廚房與飲食為主題的電影也極為無感，但很奇怪我一直喜歡看人寫吃，也喜歡看人寫烹飪，順帶一提，這一兩年看見覺得最好的飲食寫作是香港作家與音樂人于逸堯的作品，可惜臺灣沒有出版。

現在大家找餐廳，研究食物，先看IG圖片（也因此出現一類適合拍照（不適合吃的餐廳），但我還是感覺只有寫出來的，真能見色聞香得味，影片不行，影像不行，這大概意近於那句老話就是真正的色情在雙耳之間而不在雙腿之間。欲望全都是靈魂的漏洞，我們以物質與器官，一生徒勞地填充。

如果在冬天，一座新冰箱

農曆年前我媽換了新冰箱。雖然舊的那一座其實也還好，十數年如一日修長高冷玉面如銀，該凍肉時凍肉，該製冰時製冰，門沒關緊永遠忠實地響警告聲。燈泡甚至沒有壞過一次。只是我媽長期嫌它不得力，冷藏室裝一隻生雞一鍋燉肉就周轉不過來，胃口那樣地小，像一個節食的人，廚房裡最不需要的就是一個節食的人。我常常看見她蹲在那兒，腳邊圍滿生鮮，鬥盡心智排列組合，在最有限空間裡籌備出最大的寬容，冰箱門好像看牙醫的嘴開太久不斷嗶嗶叫簡直像在哭了。感覺兩方都十分苦惱。

我認為運用如常的器物毋需特別汰換，也主張大家都不妨少吃一點。顯然我媽不作此想。她說：「總之我就是想要一臺大冰箱啦。」但如此一來，我反倒領悟了，這完全是 iPhone6 宣傳詞「豈止於大」（Bigger than bigger）的道理：一座夠大的新冰箱也豈止於冰箱，它是一種想像，一種意境，一種可能性，它富有召喚家庭生活最好願景的潛力。最後她買來的幾乎有原先弧線窄身那部兩倍份量，方口方面，杵在公寓廚房裡好像在屋內養了特洛伊的木馬。

然而事實證明，這頭木馬恐怕是我家今年最好的消費決定。此後有段時間我媽經常要我觀賞它是如何地難以填滿，她自己則持續處在一種若有所思與躊躇滿志的輕快狀態。並不是我的腦補。某天通電話，她聽起來非常愉快，我說：「妳是不是一整天在家裡走過來走過去，一想到這個冰箱就非常滿意？」「你怎麼知道？」「是不是還一直盤算接下來要買什麼放進去？」「沒錯！你怎麼知道？」「想也知道。」

五〇年代美國胡佛牌（Hoover）吸塵器曾在聖誕檔期刊一幅廣告，畫面中斜斜趴著綠裙流蕩讀著小卡片的美麗黑髮少婦，旁邊是一臺繫了紅緞帶的吸塵器，文案寫：「胡佛吸塵器，讓她的聖誕節更開心。」（Christmas morning she'll be happier with a Hoover.），意喻服事家庭勞務實乃身為妻子的恩福，視覺與思路可謂嚴明中帶慈善，天父地母一樣包裹著讀者，是近代廣告中性別歧視與刻板印象的經典案例之一。現在看，當然還是荒唐，但我媽的冰箱讓我想起它。例如說，若此刻有電器品牌廣告表示：「某某大冰箱，讓媽媽的春節更開心！」我想必會十分積極地嘲笑起來，然而這令人有點生氣的宣傳詞今日發生在我家。

我有些迷惑。這歡樂該被當作一種退步嗎？僅僅歸納為性別傳統製造的因果，也不是不可以，此刻我卻忽然遲疑這會否也是對人類情感的輕薄，誰能去決定誰的情緒比較優質，誰又比較落後；有時人難免在他人的樂中看見可惜，在他人的怒中看見可笑，但這看見本身是很昂貴的，這看見的代價有時甚至不是自己付的。

§

也或許，我之所以迷惑，不過因為冰箱這東西看上去老實，實則妖言惑眾。物理上它冷，情感裡卻富有熱量與光澤。你看飯店房間的 mini bar 小雪櫃，放著口袋酒、士力架，蘇打水、氣泡飲料，那麼普通，偏偏那麼誘惑，說不定就是愈普通愈誘惑，因為旅店正該為你製造一種將普通日子點石成金的放縱錯覺，特地安排些昂貴的東西，反而索然無趣。古中國皇家年年取冰，苦夏時節納入名為「冰鑒」的大箱使用；日本加賀地方的湯涌溫泉，至今保存江戶時代的冰室，每年循古舉辦兩次儀式，紀念此地曾年年獻冰給幕府將軍。種種豐瞻繼承，又懷抱這麼多光線，如何能不愛它。很久前臺灣有支公益廣告：「再晚，家人都會為你留一盞燈。」我想到的只是冰箱，三更半夜，**躡手躡腳**，翻東西出來吃，這時新的完整的都沒有意思，最好是晚餐未完成的剩菜如半邊飛不去的烤雞；已經在那裡呼叫你一整個禮拜的半桶冰淇淋；慶生會上油嘴滑舌而懸念的奶油蛋糕。

墮落一點的人直接站在冷藏庫的燈光下吃。吃完，關上，暗中洗個手，回去被子裡。簡直無法形容這一刻人生有多值得活。

但這同時是它的矛盾，像薛丁格的貓似的，有功德圓滿就有陰陽魔界。應該不止我聽過這樣的故事，為了提防發育中的「那個小拖油瓶」嘴饞，繼父把冰箱鎖鏈起來，少年一輩子對食慾有陰影。更不要提各式各樣的藏屍分屍案件。說不定，每個隨手握住門把心不在焉的瞬間，一開一關一亮一暗，都在不察中躲過或錯過了多少個平行世界。冰箱門簡直區隔了一切的知與不知，否則怎會有時明知裡面沒有東西，你還是打開來看一次又一次；有時裡面都是東西，你還是找不到什麼可以吃。Tom Wesselmann 有幅作品《靜物第30號》（1963，現藏MoMa），混合媒材油畫為底，左方製作出整片緊閉的立體粉色冰箱門，鎮壓整個畫面，右方的富餘餐桌堆置各式食物（均由雜誌廣告剪貼而成），有肉有麵包有蘋果，有優格還有鳳梨罐頭（鳳梨罐頭！）色彩飽滿光線燦爛，但不顯得太過積極，背景的窗檯擺了花，牆上掛一小幅畫

（仔細看會發現是畢卡索），一切溫柔平靜中有不合理的心神不寧，某一日我恍然大悟：這張力並不只是構圖的效果，而是桌上那些，應是原先存在冰箱裡的東西吧。所以那扇拉不開的門後現在到底裝什麼呢？

可能就是更琳琅更滋潤，暉麗萬有的各種物質。也可能是殺害與慾求，保存與占有，各種腔室深處堅凍如石的陳年材料。也可能嘩一下拉開，乾乾淨淨，全是空的，只是一個清洗內在的好日子。

§

冰箱既能如此精確地指向生活的身體，就簡直令人害羞。小時候父母設置了各式天條，最禁忌之一，就是做客不可開主人家的冰箱。兒童不懂得這裡的羞恥感存在何處，過後才漸漸明白，首先擅自接近食物，無論如何就代表一種饞相，像是多好吃或多挨餓似的，傷害父母的體面，各種禮儀（例如餐桌禮節）都是從遮掩身或心的貪欲開始的；再一層，也是迴護主人，萬一打開了，一片蕭條，大家面面相覷，固然不太好，萬一裡面有各種好東西（客人則喝冷開水），那更加不好了。

即使既不蕭條，也不慳吝，到底還是太隱私。美國攝影師 Mark Menjivar 有一系列拍冰箱內容的作品，畫面乍見非常地平凡，但一張張看下去，就有種在路上莫名被許多人迎面逼近的壓迫感。人在食物上是瞞不住面目的，例如我自己住的時候，裡面基本是空的，出現還沒過期的麵條雞蛋醬瓜豆漿已算豐年祭，如果有一把新鮮綠葉蔬菜，那簡直蓬蓽生輝。偶爾打包外食回去，放過幾天，還是丟掉。

又例如若有人說他每天吃炸雞披薩都吃不胖，好煩喔，萬一多手打開他冰箱，裡面都是蒟蒻與芹菜汁，你可能從此多一個死敵；或例如有人總是告訴你最近很好，很上軌道，不要擔心，唯有他自己知道冰箱只有各種濃度的酒精與三顆爛黑的番茄。因此，至今即使是在熟朋友家裡，主人若讓我自己去拿罐飲料或什麼，仍然習慣口頭招呼一聲：「我開一下你冰箱喔。」若能全不顧忌，那是最親暱知底細了，有時甚至比性更近。蘇珊・桑塔格曾經的情人伊娃・克里斯徹在紀錄片裡回憶，當年桑塔格每過她家，第一件事就是踢掉鞋子去翻冰箱，一面找出東西吃，一面講八卦。這一幕是可以如此記過大半輩子。

§

我媽的新冰箱送來沒幾天，北極震盪也來到了臺北。郊山白雪深覆，盆地中央甚至落下冰霰，對於建築不防風寒、室內空間一般也不裝設暖氣的亞熱帶人而言，真是冷得人胡言亂語。在接近零度的屋子裡穿著雪衣外套，我安撫自己這也算是目擊了「歷史上的那一天」：好的或壞的這世紀以來我們果然也經歷太多夢般的現實，地裂與核變，花與傘，沒有想過有生之年竟能看見非裔成為美國總統，沒有想過川普居然是下一個。沒有想過開書店會被消失，而別說看書大家甚至不看電視了。只是這些事，都很難用看雪的心情整理。

後來洗了一點放在室溫下的小番茄，又洗了一點存在冰箱裡的櫻桃，感到很枉然，番茄竟比冷藏室拿出來的櫻桃還要凍。邊吃邊坐在餐桌上對著電腦刷 facebook，上面有人講，不如住進冰箱裡吧，還比氣溫高出兩三度呢。當然這是個荒謬的取笑，不過，當整個城市都是豈止於大的大冰箱時，我忽然有點懂得了：原來永遠都會有一個比冷更冷的地方，這大概，就是所謂「我為魚肉」的滋味吧。

半糖半冰

臺灣人多飲現調手搖茶，花花綠綠，玲瓏參差，於健康不相宜。以西醫論它的熱量糖分化學物全部失控，以中醫論，冰的東西，寒中夾濕，委實太「邪」了。大家一面聽勸，一面頷首，一面依舊喝。其實誰也知道溫白水對你最好，誰不知道。可是你總會碰上一個舌根艱苦的日子吧，總會碰上一嘴焦土的日子吧，若佛口佛心，不冷不熱，無可能鎮壓。也談不上飲鴆止渴地步，只能說，有時斬妖的必須是魔。

所以實在很挫敗，很低盪，很自暴自棄，很想喝的時候，我就去點一種最常見的調和「半糖半冰」。這一種衡量在我而言完全就是個爛藉口。比方無糖也好三分糖也好，去冰也好，都算有心人，一半一半真的是自己哄自己，以為不負如來不負卿，但心裡很清楚不過是貪歡也貪安慰。

藉口都出於貪，藉口這東西不名譽之處就在於貪，什麼都要，要站在理上也要站在利上，不想得罪人也不想妨礙自己，一足踩住道德山頭一足又如馬相踢，難免有些奸惡相。可是貪都沒有好處嗎，大概也未必，人類如果不貪懶，日日追求勤能補拙苦幹實幹，此刻大概還得從河邊挑水喝。

也因為這貪，藉口的尺寸規格有上限，必須小小的，只能差在七公克的冰塊，不能差在七大洋的海，否則就很壞了。藉口是還沒長大的謊，像所有還沒長大的動物，也會胡亂大便，也狡猾，那時很討厭，但也會掉下特別柔軟的毛；藉口處處能騰挪，不暴露，破而不碎，「最近太忙了」、「我很累」、「It's me, not you.」、「我媽說」，好像沒有一個地方對又沒有一個地方不對，魔術一樣，某種精巧的覆蓋之下，說的人與聽的人惆悵地會心。

簡直在描述一篇美麗的小說，也確實有點這樣感覺，像剔透出人心夾層的敘事術，大概是這樣又或許是那樣，有形狀又沒有形狀，明明顯顯是八方有事，講起來又無關宏旨。例如一個人，每天在辦公室裡另一個人桌上放杯飲料，第一日說是珍珠奶茶買一送一，第二日說是蜂蜜綠茶買錯口味多一杯，第三日說是誰誰不要的葡萄鐵觀音，第四天，沒有得說了，只好假裝召集一個會，言不及義，時時越過玻璃窗與隔間牆的上緣，透過對方頭部低垂或上抬的弧度推敲到底喝了沒。

這當然也是貪的：左手想捉別人的心，右手卻搗著自己的，可是，你能說不可愛嗎。

幾周前我到醫院開一個刀，住進病房前，先去吃晚餐，初夏傍晚，風裡有煙，雲頭有火，於是就非常想買杯手搖飲料來喝，喝完回去就要禁食了。我站在花果山一樣的店頭，正要開口，一念（不知該算明或無明）忽起：誰知道明天麻醉後還醒不醒來，現在還要瞻前顧後地拿捏嗎，我這一生的餘味居然會是不怎麼甜不怎麼冰，陰陽怪氣的番茄梅子冰沙嗎。開什麼玩笑。就此說服自己，何必一些許甘蜜的，清涼的，最後都不留。

但其實呢，說到底，就是想任性一次不減糖不減冰而已，只是一點貪嘴的事，一點欲求情節，加上那些戲劇化的念想，雖然不能說全然不真切，到底還是在找一個藉口（跟人為何談戀愛一樣道理吧）。後來，喝完它，胃中煩惡。太過凍結，也的確太甜，現在很難消受，自己都忘記自己年紀已經上來。一個藉口說得長久，慢慢也會真，慢慢也寫進身體裡。就感到人真是說難時無比難，說容易有時也太容易。

再後來，顯然是正常甦醒。我想太多了。看看八字想想自己也應該知道大概不曾積什麼陰德能做三個深呼吸就畢業。休養幾天後，就開始一面寫這稿子，一面煩惱，天啦這太糟了，截稿時間已經過很久，我現在還能編什麼理由給編輯，什麼電腦壞了網路斷了之類，什麼檔案已經寄給你啦（但裡面附的只是空白文件，假作軟體版本不相容），各種花招他肯定聽過不知道有多少，天下的編輯都是爛藉口的圖書館，我還是不要班門弄斧，最好趕緊在這裡收尾，交稿收工了。

吃水蜜桃

就算是西瓜，也聽說過有誰不吃的。儘管生長那麼努力，煙砂地裡結果，又鮮豔又清冷，又甜黏又爽利；儘管它把每個熱天午後的所有淋漓之致都占盡。但有種彷彿雷雨從泥土裡催打出來的青腥氣，某些人不喜歡。

或就算是荔枝，也聽說過有誰不吃的。玉荷包口感偏向委靡，桂味太脆，黑葉有熱帶果子常見的輕微瓦斯味道。而不管哪一個品種肉裡同樣容易生蟲，從核裡黑爛出來。運氣不好的時候，走路跌倒，起床撞到頭，嚼口香糖咬破舌尖，一掛荔枝買來丟掉一半。

可是好像沒有誰不喜歡桃子吧。桃子沒有什麼苦水，不大可能渺渺，也不大可能蒼茫。熟悉的漢文化典故裡它徹底是正大仙容，桃之夭夭灼灼其華。投以木桃報以瓊瑤。吃掉西王母的桃子立地再活三千年。戀愛中的彌子瑕咬了半個遞給衛靈公。

二桃殺去三士時，也不覺得險惡，反而心想：「啊那兩枚桃子肯定是好得不得了吧……」。《三國演義》鋪陳的金蘭之約，小說家讓張飛講一句：「吾莊後有一桃園，花開正盛。」於是長手臂，大嗓門，朱面膛，三個人就紅粉撲撲地結拜了……現在想想才意識這簡直萌到有點腐。

或說某個字眼，即使單獨不清爽，與桃子接枝，感覺一下子好很多。例如油桃，毛桃，一片憨甜。蟠桃不再是龍頭龍腦的樣子，呼出仙氣。美麗的則更美麗，夏初如果勤快上市場，可以買到一種早生品種叫做五月桃。五月桃，這樣唸出來，口齒都五光十色，好像不必真去吃了它似的（當然，還是建議你真去吃了它的）。至於白桃黃桃，氣質清潔無比。

直到一年最苦熱焦燒之際，我所喜歡的水蜜桃就大出了。

§

吃水蜜桃是拿捏的事情，或者說，整顆水蜜桃都是各種關於拿捏的事情。例如說，不知何故，到今日它其實也不是特別昂貴，本地也多產，但就有稍微偏離日常指針的感覺，彷彿吃它不是吃它而是赴一個與水蜜桃的約會。有種意識上的拿捏。超市裡那些像神話故事裡摘下來的精選者，無需多描繪，即使在馬路邊，大暑之夜，見到一卡發財車，車頂支開涼篷，懸掛幾顆燈泡，白漆薄木招板聊賴刷上紅字「拉拉山水蜜桃」，也忽生優渥之感。

「今年好像還沒有吃水蜜桃。」

「嗯……」

每次都這樣說，不過一旦遲疑，車子已經過去。過了就過了，這沒有必要特地回頭。好像也從沒看到這樣的攤車旁出現主顧。

因為買一般還是在傳統市場買。攤子把它們一盒一盒打開，品相價格有上有下，級別各樣，落差很大，究竟吃到哪一個位置，才帖然而舒展，合於所謂享用的道理呢，此時不免斟酌，會想一下。這從來就不是花錢愈大愈好的事，有時接受貴價後的一咬牙，更顯出底襯的不自在與逼仄。桃子們背後七橫八豎著一些手寫的小標牌：「請勿隨意觸摸」、「請勿捏」。顧店的老闆見到有人流連，捏著筷子捧不鏽鋼碗走出來，嘴裡嚼滷蛋一樣（可能真在嚼滷蛋）招呼我們：「看看啊，要什麼。」

老實說，左看右看，都不是非常好看。天氣真的太熱，香蕉滿面衰老，西瓜腹內沉滯，水蜜桃臉色薄白。我們對他抱歉地笑一笑，意思到了，他沒說什麼，表情也不以為忤，碗筷放著，俯身將散亂的芭樂堆成塔。芭樂梗的葉子厭倦地掉下來。

§

水蜜桃好看在哪裡呢，水蜜桃好看在於它全身都是身體。這句話文理不通，但似乎非得這樣說不可。自然界為什麼有模樣這麼直白的物產，想想都覺得充滿幽默感，而且在夏季這種身體全面開放的季節，坦蕩蕩地結實出來，更是非常促狹。像皮膚，就連汗毛都模擬了；像頰腮，就連血色都模擬了；至於像大家最熟知的，帶有肉感的身體部位，則連左右的分野，都隱約一線凹弧優雅地模擬了。即使「請勿隨意觸摸」、「請勿捏」，也模擬了：確實是不適合自行其是地伸向不熟的他人的身體。身體當然同樣是考究各種拿捏的事情。

也模擬了熟。這裡說的熟不是那樣的熟。水蜜桃的熟，是說熟就熟，像一個人與另一個人的親近，它既是漸漸，它也是瞬間，當不可究竟的一閃出現，忽然就知道可以了，知道易瘀易傷的可以安心交給對方運輸了。所以，我其實討厭某種老式口吻，將女孩的青春生發，及其欲與被欲，借指為「熟了沒」（便也不提那系列經典港產電影了）。我是說，與其關心對方熟了沒，不如弄清楚對方認為你跟她之間熟了沒。如果答案為非，那麼生或者熟或者所謂的算不算過熟則統統不關你的事。

不過現實的水蜜桃熟不熟，有點關我的事。產季說過就過，還沒吃到好的，去進口超市看到碩大完美昂貴的，所謂的貴是說，牙齒深入它消流的體質時，心中難免會出現惜憾感。請別誤會，珍重食物很正確，我並不主張糟蹋。但那惜憾感確實是格格不入，讓人不敢欺負，就沒有買。水蜜桃好像很逗人欺負，愈鮮嫩可喜，就愈不想小心翼翼托住，要滿抓滿拿，用力捏一下，它就委屈出痕，大口咬它臉頰，它就流淚滿腮。淚水甜極了。（以及，你想一想《以你的名字呼喚我》裡的名場面……）。「17塊一籃的桃子／第4天就開始爛的夏天」，讀到夏宇此句時覺得17塊真是很有意味，確實能毫不心疼咬哭它們或擺爛它們，不去可惜它的嬌貴，甚至是有點凌厲對待它的嬌貴，才特別好吃。難道是，因為水蜜桃的樣子太讓人恍惚感到是同類、且太像人類裸露出情感的那一面，就不可克制地想要稍微殘酷嗎。

同時也不明白其矛盾：這麼脆弱不祚的，這麼艱於時光的，為何一向被視為福祿壽考。

可能最早編故事說給大家聽的那個人或者非人，厭倦於聽故事者眼中對生之幸福，與幸福之永恆的無望猜想，也忍不住稍微殘酷了。若欲所愛想者如金如石，就偏偏以一種即融即解，馬上發黑的東西，拐騙你。

§

「有一個認識的水果商剛進很漂亮的加州水蜜桃，我訂一箱分一些給你。」

「好喔。」

說。

所以過一陣子，還是有水蜜桃被帶來了。「我覺得還不能吃，你放一放。」對方說。

每晚問候水蜜桃。

「今天能吃了嗎？」「不知道，我去捏一下他屁股。」

「今天能吃了嗎？我的已經能吃了，大概這裡比較熱。」「我的還不行。」

「今天能吃了嗎？」「好像還不行。」「你怎麼知道。」「我有捏他屁股他屁股很硬。」

直到某天，在電話中間，對方忽然發現有異。「你一邊在吃東西啊？」「嗯我在吃水蜜桃。」「嗄可以吃了喔？」「啊對！我忘了跟你講，」我說，「已經熟了。」不是說過了嗎，它說熟就熟。

我迅速地在兩三天內把它們統統吃光，時機正好，甜到不可以，不能拖。這是壽而不壽之物，福亦非福之物，既矛既盾之物，可仙可腐之物。隨時就會好了也隨時就要壞了之物。故也難怪以來它總象徵於慾望，連繫於愛情。但我個人是覺得，慾望或愛情或萬壽成仙什麼的……每一樣，都不如盛夏回家，開冰箱，啃噬一整顆早上冷藏的水蜜桃。

吃時張羅狼狽，口舌消溶，手背亂抹嘴唇；吃完洗手，刷牙睡覺，搿爪就忘。明天早上要換百香果吃。

只有雙手，不太甘願於已沒有那美麗雙頰能撫摸，所以，在指尖，偷留了水色蜜色桃色的，倏忽的輕香。

羊刃駕殺

01

所謂的反求諸己，我想吧，不是在希望全世界都對待自己如慈母的時候反問自己有沒有也待人如慈母，而是在希望全世界都對待自己如慈母時，反問自己，有沒有第一個待自己如嚴父？

當然了，因為不可能全世界都待自己如慈母，於是我們總是有那麼多理由躺著哭而不必當自己的嚴父。

（當然慈母嚴父也只是個約定俗成的譬喻了。你心中是慈父或嚴母也完全ＯＫ的）

（總有一天大家解釋的文字會比本文長）

02

總是有陳詞振振主張自殺者是不負責任的。我有點明白，那是種情緒的反射動作，不能說這反射有什麼錯，但就是敲膝蓋等級的反射動作。畢竟「責任」兩個字道德海拔聽上去自來高，但其實是語言的詐術：什麼責任呢。對誰的責任呢。為什麼別人得痛苦萬狀地活著只為了讓你安心覺得世界依然各就各位還不錯呢。那只是責怪別人怎麼不照顧你的感情不是基於愛。自己的內在世界自己安排，沒有任何他人活該幫你擔，更何況，那都是自己都已經擔不住自己的人，何能百上加斤。當然這件事會讓周遭的人在情感上覺得自己存在於世肯定是毫無價值的，否則他如何會將所有的我們連帶一併絕棄？「毫無價值」，人的各種情緒中最傷害的一種。可是明明理性上我們又該知道這整件事跟你自己的價值沒有一毛關係，這只跟他的痛苦有關係。

03

忠誠這東西是這樣，忠誠是種貨幣。寡於此者，常懂如何精算，如何套利，拿它換東西，或是要人拿東西換它。

有些人天生富有，帶來許多，源源不絕，像是樂施的繼承人，那麼，就很難不被當作一位可歌可泣的凱子。

04

好事有時是看年紀的，例如青春、健壯、敏思、潛力什麼的。壞事就盜亦有道地公平。例如蠢，蠢人年紀大了，沒有什麼失去，頂多只是蠢得更多更久一點而已。

05

並非每個字組在一起好像合乎邏輯看得懂就代表那句話有意義。所謂「不要活在過去」「我們要向前看」，徹底是種虛偽而真空的、上世紀八〇年代用到過時的、發展主義式的教條修辭術。當下是什麼意思呢？當下並不是一種時間位置，當下是一個必須同時容納過去與未來的，負擔著如此責任的空間。一個不活在過去的社會，就是一個不可能累積的社會，就是一個不可能傳承的社會，就是一個永遠短視的社會——所謂的視野是既往前也往後的，就像你開車不會把後照鏡與後擋風玻璃拿黑紙貼起來一樣，「反正我只往前面開嘛，看後面有什麼用。」好啊，希望他就這樣開，希望他趕快上路這樣開。

舌頭的事

總覺得不一定是從膚色開始的，其實是舌頭的事。那種與環境之間的咬合不正，或者犬牙交錯，是從語言開始的。在商店中說不出某一種語言的時候，或說得出而腔調顯然有異的時候，就像身體輪廓出現了鋸齒狀，一張圖片在線路上傳輸不完全，解析度忽然下降，像素一粒一粒分離，肉眼就能夠挑出來。一旦被挑出來，會被放在什麼位置呢？對於一個黃種人而言，這件事不免大好大壞，充滿懸念。

口音。味覺。吻。舌頭上全是政治。村上春樹說如果我們的語言是威士忌，因為酒精的揮發方式沒有誤會，可是威士忌也分別了年分，產區，品牌。比方說在臺灣行走，同一張亞洲的臉帶西洋腔或東洋腔是一回事，帶南島東南亞的音調是另外一回事，每當看見這種令人羞恥的行為，我就希望這樣的人去一趟西洋或東洋，感受那種因為舌頭彎折推剔的角度，便被判斷與挑揀出去，以及緊接著忽然粗糙起來的氣氛，有多麼不雅。

當然恐怕也有人要嘲諷這類設想，說法大約是沒有經濟餘裕離開本國的人，在他自己世界製造自己的鄙視鏈，是應該獲得豁免的，或至少我沒有資格置辭。的確，對孤懸海角的臺灣而言，穿越邊境的成本比各大陸塊更高，可是為什麼要講得一副好像苦人就活該是壞人似的呢，我也不覺得這就很對勁。

§

從前出國大多因公差，好像包裹在透明氣泡紙中間快速地被人來回遞送，沒有什麼碰撞。最近幾年私人行程比較多，便開始清楚地意識到（聽起來或許有點誇張吧……）一個以漢語為母語的臺灣人，確實是背負東亞國家之間複雜夾雜的情感史笨重地移動。幾年前帶母親去東京，只要離開飯店房間，若需交談，總是無意識地低聲到比耳語更耳語的程度，幾乎都成吹氣，本來大家話也不多，到最後幾乎沒有言語。那是不自覺地為了迴避擦身而過時因為辨認出口音，便沒有原由而不溫和的一眼注視。消化這樣的瞬間，對一趟短程旅行而言是太累太無謂。

溫泉中彼此裸身相見非常熱情的老太太們，在一旁聽見我們抑制的交談，以褒美的語氣搭話，說你們是哪裡來的呢？還以為你們是日本人，舉止完全是日本人似的呢，因為是臺灣來的呀，原來如此原來如此。這善意比敵視或輕視更令人為難，毫無意識內化然而又赤裸的階序排位，殖民者的遺情……然而，能去跟幾個一水之緣的陌生老太太爭什麼呢。也只有回以無言的微笑。

這世界上有那麼多你根本不可能追上前去跟誰講什麼道理的事。

或是說多年前拜訪親友，當地朋友帶去大概一年也沒有三個黃種人出現的小酒館，與周圍的人聊天，他們略顯困惑，問為什麼臺灣人的英文是加州腔呢，臺灣人都講加州腔嗎。我不知道如何回答。其實我一絲一毫都不認為那是加州腔，只是它不像螢幕上的中國餐廳老闆帶有誇張表演性的漢語或粵語音調而已，但他們對亞洲人的想像最遠最具體，大概就到加州了，過不了太平洋。

「像我們的人」作為一種恭維方式，讓我在情感上非常複雜。它不是可以心無罣礙一直球搧回去的惡意，它並不出於攻擊與排斥，它甚至表達了接納，預期你的受寵若驚（那麼，你演還是不演呢）。然而我只是不比誰多一點也不比誰少一點的臺灣人，並不想要像哪裡的人，也並不將這種被接納的方式視為可喜，它是不太好的好意，除了面笑心彆扭，總是感到很難對其採取更恰當的政治策略上的應對。

但恐怕「如何像別人家的人」這件事，也有自己的不知不覺。我這一代臺灣人從小被提醒：個人代表國家，不要做出羞恥的事，不要做出讓人輕視的事。也不能說這想法不對……受到這概念的影響我在旅行中舉止與衣著格外精確嚴格仔細。後來才意識到那是為了勉強獲得相類（且未必同等）的尊重，付出加倍的力氣與時間。那是在對我的種族與血統做償還。作為亞洲女性，我總是需要加倍地武裝，加倍地嚴飾，加倍地警覺，甚至需要加倍地嫻熟英語，但所能保證也只是讓我最大程度避開或反擊一些沒有道理的不愉快。跨境移動的交集圈如機場或車站裡，從容無禮安心放肆的白人並不少見，然而環境對他們的容忍度有多高，相對對其他人的標準就有多高。有個名詞叫做「第一世界的煩惱」，我將這稱為「第一世界的不煩惱」。

因此旅途到了一定的長度之後，往往特別疲於這類內外觀察的精神消耗，並對於不夠遲鈍的自己與不可能改變的世界同感厭倦。也曾經在心中琢磨過這樣的故事場景：一個種族主義者與歸途上的亞洲人被困在小站的候車室裡過夜，亞洲人認為對方只是脾氣焦躁，就分給他罐裝水與一根香蕉，又與他清閒地談話，事情就在舌頭上微小地發生了。第二天他們分道揚鑣，種族主義者還是種族主義者，然而不徹底了，並且他還要為那不徹底淡淡地苦惱一陣子。可是後來也無從下筆，因為說到底這是我所不相信的事。

§

北方某地，有一我所鍾愛的小城。長年寂靜，低微抑制，這兩年因為高速鐵路通車，變得熱門了，因此市區唯一一間連鎖服裝店也安插了通曉中文與英文的服務人員。有一日，我買了兩件上衣，默默排隊刷卡結帳，沒有什麼異樣。直到那位音頻昂揚輕快，我看見名牌上寫著「王」且附帶說明「提供中文／英文服務」的女子，滿臉微笑以日語對我快速說了什麼。

我沒聽清楚，下意識地回答一句：「啊，抱歉我剛沒聽清楚。我也說中文，妳可以跟我說中文的。」

「王」的表情，簡直是過於露骨地變化了。她以標標準準的北京普通話順溜口音回答我：「噢那算了。沒你的事。」

我其實知道那只是問一句「信用卡要一次付清還是分期付款呢」。但確實沒錯，我反正並不想分期付款，所以，也不必計較。

「王」將我刷過的卡片扔在桌上，將衣物胡亂塞入紙袋，往檯面上一甩，掉頭走了。

因為一切都太極端了，極端到我也是呆了，走出百貨公司大門後才一點一滴地意識到那粗暴，以及刻意展露的攻擊性與惡意。

我又繞了回去，把「王」找出來，下意識地放棄了漢語，以英語直接地問她剛剛究竟是怎麼回事，是否做了什麼不對或冒犯了她的事，導致她必須以這樣的態度應對我，例如，把紙袋用力甩在桌上？「王」的臉彷彿窘漲了一圈，幾近語無倫次做著我不理解的說明：噢我只是不敢跟妳講中文，因為有些人不喜歡別人對他們講中文，他們不喜歡被認為是中國人，我沒有無禮的意思……這當然與我的問題一點關係都沒有。

一個臺灣人與一個中國人在日本以英文詰辯……我站在那裡自己都荒唐得要笑。透過語言的政治，我可以說是機巧地暫時保衛了尊嚴，然而其中的悲哀，是連設想一間不可能的候車室，將之安放，都不可能的。那一天，我沉悶地早早睡著，睡眠裡，沒有舌頭的事。

趁熱吃

別人的食記

說鑊氣

鑊氣不是熱氣。並非東西夠熱就叫有鑊氣，鑊氣是翻鍋時食材被猛火快速撩過的介於滾燙與微焦之間的味道，那個「氣」是味覺縫隙的寫意，不全然是形而下的溫度的寫實，一碟帶鑊氣的炒飯，即使放涼，仍得五成。最好是經年老鐵炒鍋，不沾鍋就難免若即若離的，原理不明，大概跟導熱效率有關？燉湯煮食一類是不說鑊氣的，但當然也有夠不夠熱的問題，差三五度有差嗎？是有差。有些東西稍微放涼口感更好，例如狀元糕，糯米豆沙粽。有些東西唯有足沸足滾時那個香味的動能才能隨著蒸騰之熱整個往上奔遠奔深、往嗅覺之刁鑽拐彎處做伏兵，待與你接後的味覺來會合，一旦稍微冷卻，整個弧線都掉下去了。

在鼎泰豐。深色西裝大漢目測高約一八六公分，鐵青三分頭，若單說顱骨的話，大概比籃球大一圍，圓也是一樣的圓。條紋領帶平平整整，別金色領夾，左手腕繫電子錶，是青少年常用的方型款式，腕周勒出一圈黝黑的飽肉，錶面顯得有點埋沒。小眼睛，獅頭鼻，橘皮黑臉，五官與表情倒是一點殺氣也沒有。不超過三十歲。他一個人坐下來，有次有序先讓上了一盤烤麩，吃了，接著是特大碗牛肉麵，隨著冰塊玻璃杯與一罐原味可樂一起來。未久，又上一蒸籠，不知是什麼，麵吃到三分之二才見他打開，中央一枚大白包子，他一咬露餡，油滋滋的淺醬油色，那就是鮮肉的。如此一口包子送兩口麵，他也不太快也不太慢把它們吃光。可樂則一直是且斟且飲，很拿捏的，最後五分之一剛夠拿來送最後一口熱食清口下肚。

此時服務生又來，收拾桌面，給一盅冰鎮銀耳蓮子。自始至終他一手使筷，一手握匙，沒有看見手機，也沒有讀物，桌上就是菜、肉、麵、包子、可樂，他愛食物，食物愛他，揮灑而優雅，迅猛而不狼藉，等到這份甜湯都吃完，他就肩膀一鬆以彌勒表情攤坐，眼望遠方，大咧嘴，自笑一場。他的飯吃得功德圓滿，全程拜見，終夜歡喜讚歎，故略記之。

生為我媽的孩子，我很抱歉

我媽經常說：「你這張嘴真壞。」在此，並非一般認知中口角銳利的意思——雖然說這方面我的嘴也的確是壞得不得了。不過她講的是一種神經質。例如夏日她料理絲瓜，清炒，略下蝦米，某天又吃，入口五秒，決定弱弱而有技巧地問一句：「這個蝦米，它包裝袋是不是沒關緊？」我媽頓一頓，問：「怎麼說。」「蝦米有點冰箱味。」「就封口裂個洞沒發現，剛看見想說趕緊把它炒掉，這蝦米上禮拜用還是好好的，開口就破幾天而已。你這個人嘴怎麼這麼壞。」「……但絲瓜還是很好吃啦。」我說。（如果你狐疑前面提到的技巧在哪裡？就在這裡。）

當然我自己認為「嘴壞」跟「嘴刁」之間，還是稍微存在差別。「刁」像它的字形，有挑起來的部份，比較寧折不屈。「壞」呢，就是純壞，肚裡忙於筆畫多，不一定要有積極作為。因此那些味道略像冷凍室的蝦米我依舊一粒不漏吃光它們。但無論刁或者壞，難免想在此提出卑劣的抗辯，主要是認為這責任，到底不全在於我吧，誰讓我媽菜燒得好呢，一個人，吃好的菜，歷三十餘年，嘴就會壞。這是人間奇怪的正正得負原理之一。

§

若要講我媽燒的菜，恐怕很難不落人以「炫耀媽媽」的口實；但話說回來，這時代已是嘴抿得緊一點，不動輒哭出牙齒舌頭給人看，都能算是傲慢。那麼也只好說一句：「生為我媽的孩子，我很抱歉。」

自己讚美自己的媽媽善庖廚，不太有說服力，畢竟許多人都主張各地家母的手藝是世界冠軍，以「媽媽的味道」解釋也未盡善。理性上我對這類修辭（醬油、味精與廚具廣告中頗常見）懷有輕微的抗力——一部份來自於它將家事工作描述為一種情感的支付責任，一種連帶而生的道德債務可能，以及一種因繫於非理性而較為次級的業務，《教父》第一集開頭處有場廚房戲，胖子克里曼沙把麥可叫到鍋爐前說：「來學學肉醬怎麼做，以後你可能要為幾十個人煮飯呢。」臺詞平坦，意境崎嶇。另一部分來自於此而出的各類理所當然，例如沒有人問過舍弟：「你有沒有跟你媽學做菜？」

但初次見面的閒雜人（不是譬喻，真有其事），倒是不憚其煩自覺頗有資格對我進行再教育：「聽說妳媽媽很會煮喔，妳應該跟她學一學。」我心想所以呢，我並沒打算請你來家吃飯，急什麼急你。這時就變成：「生為我媽的孩子，干你屁事。」

「輕微」則因我無法否決它。這確實是我童年的硬指標。母親啦餐桌啦家的味道啦……這一切膝反射的想像令人厭倦，然而，偏偏又很好吃。

此外也是極晚才明白「家裡有好菜」並非放諸四海皆準的事。就像歌詞唱「天下的媽媽都是一樣的」，塗裝雖然粉紅色，就中不乏刻酷。

我家有好菜一節，後來在親友間變得有點兒出名，多因我父親處世四海，那時他喜愛在家請客，請客不是三五人，起碼三五家，一般都是晚餐，五點半踐約，客廳裡先坐坐，聊天，喝茶，嗑花生瓜子（所以這些東西我家常年大包大包地預備著），抽菸，有段時間我父親嗜好菸斗，那燃燒起來是非常地香。

六點半前後我媽從廚房探出頭來說大家坐吧坐吧開飯了。眾人起身。飯廳有一面沉重的木長桌，橢圓型，團團圍上，能搭坐十數位，十數位互讓半晌。如果一併來了小客人，得早早完畢功課才好在客廳一起邊玩邊吃；如果沒來小客人，就在房間裡算數學、看綜藝節目、自食小碗菜。

那時我父母請客真是吃到七葷八素的。肉燉在東坡上，鴨懷著八寶心，海味燜燒大烏蔘，山珍隨佛都跳牆，口味清淨有髮絲豆腐羹白果娃娃菜，孩子多幾個就添上鳳梨蝦球糖醋排骨。冬天砂鍋魚頭，夏天換冬瓜盅（我媽能在冬瓜的皮子上雕花）。宴必有飲，當時東洋酒西洋酒都不是太時行，家裡也不上黃酒，所以喝（還沒慘遭炒作的）茅臺或高粱，故又須有一道豆干爆牛肉絲。涼菜滷水，燉湯甜點，多半次次各別各樣，餐具就使用大同瓷器，不名貴。

整套菜進行到半途靠後（也就是蒸魚前的那七到八分鐘空檔），我媽會暫時坐下吃點並接受夾道歡呼：「敬大嫂！」「敬大嫂！」「嫂子辛苦了！」「嫂子今天菜太豐盛了！」「太豐盛了。」一桌人多半我現在歲數，有些甚至更年輕，但今日想想，還是覺得他們真是非常「成年人」。

甜品吃完，再回客廳。再喝茶。廿幾三十年前普通人家談不上大型的講究，但此時也會把茶換上普洱，水果先早已切好鋪在瓷盤，我媽的布置是清口到甜口，約兩三種，冰箱取出即可，但我必須洗澡準備睡覺了，躺在房間，客廳的話語瀰漫進來，偶爾像戳氣球一樣爆出笑聲。

夜裡一時而醒，若是門縫一線輕光，且有微響，那是最後留下一二密友長談醒酒。

若滿眼灰暗，那是人都散了。

§

後來，當有人談想臺灣八〇年代鮮明熱烈之處，我印象就是家裡請客的樣子。我父親於九〇年代前的四十三歲過世，稍微計算一下，差不多再墊上一個小學生的年紀我就要超過他。將要活得比你的父親更老，感覺是有些奇怪。

但我家「好吃的」不全在「吃好的」上頭。從前讀《射雕英雄傳》，講黃蓉吊洪七公的胃口，說要做拿手菜「炖雞蛋啦，蒸豆腐啦」給他，洪七公便非常高興。

過日子沒有誰一天到晚上宴會菜。我比較記得小學下課午後的點心，紅豆蓮子，綠豆百合，仙草愛玉紫米粥，鹹的蘿蔔糕蔥油餅。那時週六要上半天課，放學到家十二點半，午飯時一邊看電視劇《中國民間故事》。印象裡週末中午常吃乾煎大白鯧，不要看它現在貴得好像塑金身，當時都道是尋常。

平常日，天氣若簡便和宜，我媽也常牽著三五歲的我弟送午餐來學校。我記得一個銀色不鏽鋼單層飯盒，上蓋左右兩個耳扣，打開裡面什麼都有。另一小袋子裝切好的水果。日後我媽轉職工作婦女，我弟不曾吃過這樣的便當，她似乎因此心有一些負欠。

倒是某類東西我們至今很少在外買，例如小魚辣椒，或麵食，尤其餃子，我家的餃子瓠瓜韭菜蝦仁花素（甚至是香菜餡……）都值得吃。此事人證頗多。要說藏著開天闢地的訣竅，好像也沒有，無非素的調味應當清微，葷的就是選材拌料，誰也能講上兩句，若問我更是迷茫無話。我對烹飪是雙料地缺乏興趣與才華，許多許多故事談著母親女兒廚房的三角關係，有時是手把手的情意面，有時是肘抵肘的扞格面，也有時像佐野洋子的《靜子》，母親靜子風格粗野，虐兒成性，只有一起做飯時，兩人很和諧，也不苛扣，海苔壽司卷切下來的邊邊就順手給佐野洋子吃。佐野洋子學成一套很像樣的家常菜。

在我家也不是手把手也不是肘抵肘，也不怎麼戲劇化，就只是我媽烹飪上才情光芒萬丈，大家更近於詩人的讀者，鋼琴家的聽眾，一碗宵夜蛋包乾拌麵也國色天香，問她為何，她皺眉想想，「就是隨便弄弄。」再想想，又說，「因為東西經過了我的手。」我其實相信。很小時父親特別教導「不可以批評食物」，我先不懂：「什麼叫批評？」而後困惑：「但我為什麼要批評食物？」懂事才知事情不是憨人想得那麼簡單，他應該是打預防針：小孩養尖舌頭眼見必不可免，至少教會日後在外吃飯勿多話，勿得罪人。

當然她並非全能，西菜與烘焙就不擅長，某一年試包臺灣粽我也只好默誦阿彌陀佛（不過麻油雞或醃蜆仔很厲害），重點是在長年經驗薰習之外，我媽對食物富有各式各樣機敏的先覺，那是靈機忽動的一撮花椒，心有所感的多沸三秒，那是創造性。依著這樣的先覺，我家烹調不放味精，燉湯值得走鹽，東坡肉絕無勾芡（〈食豬肉詩〉說的是「火候足時它自美」，可不是「上桌前你要勾芡」），但這一切無關健康考慮。不需要而已。

前陣子有人闢謠，說味精對身體並沒有什麼禍害，電視新聞也報。我媽坐在那兒，看半天，講話了：「不加味精，是做菜人的自尊問題，不是健康問題。就是自拍不要用美圖秀秀的意思。大家弄錯重點。」

我以為她頗英明。

§

有時我們認為，食物若要美味動人，滋養滋潤，不管為職業或為家務，關鍵多半在於所謂「有愛」。

有時我懷疑。

許多人一生做著擅長但未必喜愛的事業，我想我媽在廚房裡，手中撒出是對自己人生的贊同也是懷疑，是對自己的要強也是對親人的心有所感，是這樣，能讓滋味繁複成理。沒有什麼能單靠一句愛。但她是否真的喜歡烹飪？這說不明白。幾年前東京孝親十日，策劃住宿時我在電腦前自言自語，說要不要試試看帶有廚房的公寓式酒店……我媽路過，警醒無比：「什麼，我出門玩還要煮飯給你吃嗎？」「沒有沒有，我不是這個意思。」果斷訂下標準觀光旅館的夜景角間。非常地得體。

入社會後才逐漸辨識出並訝於所謂「母親在母親之外」的客觀性質。她思路深細敏捷，執行力與行政手腕都甚是強，退休近十年，至今曾經的上司仍託以存摺印鑑等腹心。我不止一次想過：如果她是我的同代人；如果出身小康；或如果她的原生家庭曾不吝於任其發展志性（啊真是老梗不已的時代無奈性別劇），青壯年期又趕上了八〇年代烈火烹油的全球大景氣……總之我媽顯現的潛能，遠在她的孩子之上。

或許我對人類繁殖的懷疑由來於此。生為我媽的小孩，有時就對世界有點抱歉，自覺是個瑕疵品，硬梆梆地占據著機會的空間，但原本在那兒有個模糊如柔霧，具備各種維度層次與韌性的可能性……

奇怪的是，前述那些社會中普遍受到褒揚的性質，若表現在家庭場景，就像教科書的插畫一樣，看上去優美，卻不全然令人愉快。我往往刻意或無意地處於各種規約與條理的反對面，處於持久但範圍有限的抵抗與製造混亂裡。有時我猜，你若想培育一個循規蹈矩的孩子，訣竅恐怕不在於多麼地言教身教，而是比他更加地胡攪蠻纏……有位天生揮灑的親戚也是教養出一位非常傳統的女兒。實在是一花一天堂，一家一業障。

同樣的道理，儘管整天被講嘴壞，我也不能算個吃家。原因之一是我確實並不哭天挑食，有好的也高興，冰箱裡剩到乾的一片吐司配白煮蛋也可以，甚至接近故意地不去講究，當然這有點有恃無恐意味。相當惡劣。原因之二在於我並不會弄，自炊時潦草到鬼見愁，超市冷凍雞胸肉（不必處理骨血廚餘）與花椰菜與一把麵條水煮加調料胡亂攪拌，能夠面不改色連吃數餐。原因之三是除了燒臘烤鴨一類器材有限制，外間能吃到的菜色，我媽都做得挺好，不積極於外食，坊間飲食動態就不熟悉。有次朋友們晚飯時間來我家附近，問這裡能吃什麼，我說我不知道。「這裡不是你的地盤嗎？」「嗯就是因為這裡離我家太近了……」「噢！」眾人秒懂。

結果最後再一次吃了火鍋，就是相對最不出錯的選擇。中年人們，再好些的追求也就是不出錯了。

§

關於吃，或者關於不吃，在人間產生著重重的問題，有時甚至不小。例如戀人間絕對沒有正確答案的：「中午要吃什麼……」，身型與階級的政治，危險起來是生存，饑餓，是各種災禍與惡意示現的第一站，可以到達滅絕了心靈的程度。

但在我家，因為我媽的緣故，這件膨脹潛力很大的事，像被收進鍾馗的八卦傘，縮小得不成問題。或者這麼說吧：在我家，如果吃，就是「你能吃多少」的問題，如果不吃，那就是「那你不要後悔因為大家不會留給你」的問題。

所有的難，在這裡融解為所有的簡單。

我覺得沒有什麼別的事更能說明家庭裡關於恩情的那一面了。

所以了，有媽如此，節食實在很難，我又不曾中遺傳的大樂透（仔細分析起來，應該更接近繼承了遺傳的負債吧……），因此一生就沒有當過一回瘦子。過去幾年，不知不覺，涉入人世漸深，水一深，險流就比較多，而世人若欲襲擊女子，形象問題又是十分簡便的，由此生出照面劈打的明槍，或者背刺的冷箭，不免也經過了一些。然而，難道誰以為我會為我媽的天才與我爸的基因感到遺憾嗎？開什麼玩笑。生為我媽的小孩，日日貓肥，天天家潤，抱歉了，我可是一點也不抱歉。

想到貓的晚年。貓的晚年舌下生癌，病程非常快，抱去給醫生開刀，最好的劇本是病灶切乾淨就沒有事。醫生很保守地說，不要有太多期待，此外，當時貓已十八歲，全身麻醉風險很高，這樣的大刀建議只能開一次。

開完刀，恢復很好，不過維持約三個月後還是原地復發。貓進食日漸困難，喝水也很不容易。每天早上我們將食物營養品藥物水份等一概打成漿，製作當日的飲食量，按時以注射筒灌食。熱量一日一日往上加，因為貓持續消瘦。令人不舒服但其實合理的是：熱量愈高，腫瘤成長彷彿速度愈快。所以也經常要調整控制。

即使如此，貓的食慾表現一直還是很好，儘管身體數值並不成正比，有幾次內科回診，獸醫委婉提醒，在適當時機要考慮貓的最大福祉。那是一個很困難的決定，困難不在於確認那個時機，困難在於從我的角度而言，沒有任何時機可以稱為時機。

我一直說不明白，貓是因他的動物生存本能而奮力日日吃，或者是為了我們人類。我希望是前者，我希望那時候貓沒有任何一點點，是為了我而吃。一兆分之一的那麼一點點，都不要有。

驛馬衣祿

帶你媽去玩

下午四點多我們抵達新宿。安頓行李後隨便在全家便利商店買了飯糰吃。接著去逛手創館（臺灣叫臺隆手創館）和高島屋（臺灣叫大葉高島屋）。晚餐是高島屋樓上的炸豬排飯，喝了麒麟啤酒。

散步回飯店，滿路十二月的燈綵與音樂迸碎一般落在地面的水光裡，刷開的氣象app告訴我今夜是這波季節雨的最末稍，明日開始天氣晴（我媽認為這是她的功勞：「我出門向來是好天氣。」她說的沒錯。）經過Krispy Kreme與Starbucks時，我媽走走看看，沉默幾時，若有所思，如夢初醒：「我現在到底跟在臺灣有什麼不一樣？」

有那麼一秒鐘我也是被問倒了。「不然妳現在想回臺灣嗎？」

「不要。」

「那不就對了嗎！」

§

出門玩與在臺灣當然不一樣。媽們一向是其詞若憾其心深喜。好比基於交通與上下行李方便之故（這是帶你媽去玩最重要的事之一）我們住在利木津巴士直達的新宿南悅，為討老夫人歡心又訂了景觀角間，因此我媽每天天未亮就開始窸窸窣窣泡熱茶，配紅豆麵包，坐在沙發上看她的日出，docomo 鐘樓，無雲天氣裡和紙描圖般貼在地平線上的富士山輪廓。又從房間這一頭拍照拍到那一頭，可能要 line 給我弟或我阿姨吧，也沒有要管我還在睡覺的意思。這怎麼會跟在臺灣一樣呢。

或好比出發前某次我自言自語：「要不要訂公寓式酒店呢，有廚房耶，可以去超市買食材自己煮。」我媽聽見簡直兔子一樣豎耳警覺：「什麼，你是說出門玩我還要煮飯給你吃嗎？」「我不是那個意思……」

諸如此類。

「帶你媽（或你爸媽）去玩」似乎很適合拍成一部介於《人在囧途》與《心的方向》之間的電影。一些荒誕的臺詞，可能也有化險為夷的突發事件，三幕劇裡的親情的心結衝突轉折更是保證的，但不保證這些衝突最終能得到此類電影慣有相互諒解、拯救或昇華的結尾。我的意思是說，大家都當家人這麼多年了，真要抱頭痛哭什麼的還等到現在嗎？開什麼玩笑，現在最重要的事是你去廁所而我去找到新光三越裡的退稅櫃檯。

說到底，旅行必然是暫時脫開了日常的強制扮演與原生根系的框限，所以才常見人透過「旅行」此一概念的實踐與想像，不知不覺表現出性格裡的極端氣候。不管怎麼打著詩意的高空，不管飛行多麼頻繁，現代以餘暇活動為目的的旅行，意義上註定不會是家常便飯，因為它本質即是對於異與變、對打破重力的積極追求，甚至都具有侵略性了。異地，異樣的語言（說話時腦部使用的區域都不同），異物般的生活，它的餘裕象徵更讓旅行者得以進入一種異身份：例如過去常聽有人傾家蕩產買名牌包名牌錶，今日則出現某一類不斷借錢負債刷卡只為出門打卡的人物（似乎背起了那款包或走出了機場門就是打了人生勝利感的嗎啡針。）

旅行既是各種異的集合，人在其中就難免異常一些。例如在東京（中間去了箱根）的八天裡，我媽忽然也不挑剔了。買東西也不怎麼精打細算了（但是參觀庭園的半價敬老門票不能放過）。不常常上廁所。吃東西也隨和了。我帶她去銀座老店喫茶YOU吃蛋包飯，排半小時的隊她無怨無尤。喫茶YOU地方不大，是很有昭和風情與時間感的老派鋪子，她坐下，先東張西望，開始摸桌面，再略微摩挲圓圓的桌角，然後把桌上調味料罐子的瓶身都輕輕用指尖拭過一遍……

「你在幹嘛？」

「你有沒有發現，這些餐廳裡一個小罐子或小角落摸起來都不黏手，像剛用漂白水擦過再用乾布抹一遍。」

「你來日本還做衛生檢查的嗎?!」

凡此種種。一路又不時對我自誇自讚：「你看，你說走我就走，你說吃我就吃，我出門很乖吧！」「是是。但可以不要我一轉眼就自己跑到不知哪裡去嗎？在東京迷路很可怕。」至於我忽然就必須變得十分腦筋清楚精明幹練，管錢管車票，管吃管睡管鬧鐘，管問價錢管退稅管行程管時間表，日文丟三落四也得夾著英文當翻譯。最後還得出錢。現在問我那次帶我媽去玩到底玩了什麼……臣妾、臣妾真的是不知道啊。

§

因為帶你媽去玩從來不只是去玩而已。它更接近一種閱兵式，一套視察行動，一場武力展演，是各位的媽把各位養了這麼大的總體檢，要考你應變。考你EQ。考你體力（購物提袋當然不該你媽拿，電車上有位置當然該你媽坐）。至不濟也考你花這麼多年讀了這麼些也不知有沒有用的書、做了些也不知道在幹什麼的事，到最後在餐廳裡能不能幫她要到一杯熱開水：日本人不喝熱開水，這事我媽每值用餐便感嘆一次。然而雖說不吃冰的，到箱根看見名物「箱根焙煎珈琲」的咖啡冰淇淋是必須嘗；而在秋末冬初、葉落無花蕭條少人行的強羅公園裡，既然景色沒什麼好，那牛奶霜淇淋更是不能不買一根了，否則走了這大半天豈不虧本。

看待出門前後與親友的各種報告與炫耀你同樣要超脫些。根據場邊觀察，他們這年紀都已是純青的爐火八風吹不動，「哎呀，整個禮拜我都不行，我女兒要帶我去日本玩。去八天～」「我們在箱根住的那個飯店左邊窗子看富士山，右邊窗子看蘆之湖，房間裡還有一間和室！」「去箱根坐的火車是有觀景窗的車廂！」「這次出門我女兒又是導遊又是翻譯又是金主呵呵呵呵……」這種程度的說法，在我們這年紀，如果把「女兒」這主詞換成男友女友或丈夫太太就十足是露骨找麻煩。但在千帆過盡的老人會議裡，稍微展示一下孩子的心意與不太浮誇的經濟能力，大概近似於在領口別個小小的名牌 logo 珍珠別針，不算最招討厭的，還可以被接受。因此做主詞的自己也最好冷靜一點，也毋需費事出言阻止，反正你聽不到的時候他不知道還要說幾次說多久。攔不勝攔。

何況除了媽們或爸們，世上也不會再有別人為你這一點小恩小惠就這樣喜滋滋的，早也心感晚也心感記掛成這樣。

§

儘管彼此都非常有出門在外一切要收斂的心理準備；儘管日本對老齡人口的關

注，造就它成為帶長者旅行非常順暢的國家，箱根回到東京後、返臺前一天我跟我媽還是大吵了一架，為什麼呢，完全忘記了。但我可以人格向你保證那絕對是一件毫沒有重點的小事。追根究底大概還是我一路精神繃得太緊（關東我自己都是第一次去啊），而我媽對於必須徹底離開主控與照顧者角色的主場，轉而擔任那個「很乖」客場的心理視角也到了極限。

帶你媽去玩的真正風險關鍵其實不是摩擦本身，而是造成磨擦的小型奪權問題。聽起來是有點那個，好像太冷酷了，但就是這樣。媽們理智上知道凡事由兒女安排沒有不好，但情感上讓她非得多說那一句兩句話；我們理智上知道這多出來的一句兩句話做耳旁風就好，但情感上，這一句兩句完全可以概括人與原生家庭間所有的雷雨交加。

當然這也都不妨（且似乎非常自然而然）往「親情」或「孝道」或「愛要及時」的溫情方向詮釋。好比說，你其實不必等到父母病了弱了才發現你與他們的角色已經互換，旅行即是很好機會讓彼此理解：你已可擔當親子關係裡那個成年人角色，此後是你帶他們而不是他們帶你；又好比說，其實你能帶你媽出去玩的次數不會有你想像中那麼多。若把說法收束在這裡，再加上一點生命史的片段回顧，完全可以非常感人，非常有渲染力。

但拜託喔！我們還在吵架。

回到吵架。如果真的是《人在囧途》或《心的方向》什麼的，這必須是一個將劇情推到高潮、整部片子埋伏的火線要紛紛引爆的時刻，此後必須往上拉向管弦樂式的海闊天空，或往下沉澱出阿卡貝拉式的大和解。不過那天傍晚我們回到飯店，大家都又累又不高興，也沒想到要吃晚飯；我媽跑去睡覺，我歪在沙發上看電視刷手機，又把買的一盒冬季限定「銀座あけぼの」草莓大福打開來吃。

我媽睡一睡醒過來，看見我在那裡喝茶看電視吃大福，氣得要命。

「你這個人真的是很過分，」她說，「你吃大福也不會問一聲說媽你要不要一起吃大福。」

「……什麼啊，你那不是在睡覺嗎！」

「你不會叫我一聲嗎？如果是我我就一定會叫你起來一起吃。」

「……睡覺睡得好好的為什麼一定要叫起來吃大福啊！」我莫名其妙。

但就如同各位跟各位媽們一樣，這類僵局一般也是這樣莫名其妙解決的。在她不甘示弱也吃了一枚大福之後，我們決定抓緊最後的深夜去逛歌舞伎町的唐吉訶德。非常值。便宜掃回大量家裡常喝的即溶咖啡與許多 Sheba 貓點心。

不是很詩意。電影要賣座恐怕不能這樣結尾。但牽涉到媽們的事情好像都不會太詩意，也不是媽們或我們的錯。朋友說，「帶你／我／他媽去玩」很難派生各種微妙情思，因為整個兒就是揣著一顆駝獸的心上路，是白馬與唐三藏的故事，是驢子與史瑞克的故事。我感覺她說的非常對。九零年代日本有流行辭「成田離婚」，原為陌生人，相遇了，戀愛了，結婚了，出國度蜜月了，在旅程中終於彼此明心見性（並不是好的那方面），齟齬繁生，委實無法共同生活，返抵成田機場後第一件事就是辦理離婚手續。不過父母的話，除非是非常極端的關係，恐怕都難以桃園離媽或小港離爸，從異常回到日常後，該清點戰利品還是一起清點戰利品，該鬥氣時還是鬥氣，該抱怨還是抱怨。這都是家的可惡與可愛。

後來我媽經常在收看旅遊節目時問起：「你下次什麼時候帶我去玩？」口氣還有一點裝萌。

「不是才剛回來嗎！過一陣子吧。」

結果過一陣子，她忽說和我阿姨報名了旅行團去北海道。我有點高興，其實跟團也沒什麼不好，晚上在辦公桌前手機就叮叮咚咚不斷收到她傳來什麼山啦湖啦或者吃螃蟹的照片。回來後問她好不好玩。「好玩。而且也不累。車子接接送送很輕鬆，適合我。」她說。

「不過我還是覺得你帶我比較有意思。」她說。

過了一會。「那你下次什麼時候帶我去玩？」她又說。

「不是才剛回來嗎！你可沒有老人癡呆啊！」我忍不住大叫了。

孔夫子論孝有言：「父母在，不遠遊，遊必有方。」或許在現代，必須改成：「父母在，攜之遠遊，遊必有方。」總之，是我們這一代晚熟獨身青年人手上一本全新修訂版的《父母經》了。

人類心愛的少年

我從未成為一個時髦的人。例如說穿衣服喜歡安全，素面單色的比較好，式樣簡潔的比較好。例如說過生活偏於認生，不習慣四處走動，儘量避免交結陌生人。短假日我在家，長假日依然在家。老是讀重複的幾本舊書，不抽菸也不喝酒，晚上十一點過後就不想出門。各類時新之事，懂的也不是太多。

可以整個禮拜不開口與人類產生有意義的談話。

有時旅行也是斜斜地往行跡稀少的小城町歪倒過去。

但也大概是像我這樣的負面表列者，能在潮間帶找一塊乾燥處安心觀測浪上的熱鬧。潮字難說，臺灣定義的「潮」與英文「trendy」仍有些不一樣，雖然它們都是消費主義與都市性的，都依賴各種漂亮的人物像鯨魚骨支撐宴會上的蓬裙，但「trendy」更接近廣義而中堅的富麗入時，帶有上層建築風行而草偃的訊息；而「潮」一字在臺灣似乎更接近以小眾包圍大眾、以街頭滲透中心、以青春的時間投擲而出占領空間。特別是青春。說起來潮男（孩）潮女（孩）是司空見慣，在臺北的某些圈子抖網一撈一大把，但「潮大叔」就成了秀異，「潮老爺」則完全是精品。比較奇怪的是不怎麼聽見人形容「潮姨」「潮嬸」「潮婆」。

潮有點少年性。有點時間性。少年性有幼稚的部分但不完全是幼稚，少年性是什麼呢，是人在完全凝固之前最後還會搖晃的、還會忽冷忽熱的透明液態（但要是蕩漾得太厲害，那就叫中二）。因為通常有點逞強，有時難免虛張聲勢，就很容易遭到各種嘲笑（例如「潮到出水」）。前幾年我陰錯陽差進入時尚媒體工作過一段時間，像是衣櫥裡突然出現了一件特別花的長褲，因此認識了一些可以說是「很潮」的人，他們個個火光燦爛，駕馭各種場合完全沒有問題，可是也常常不留意地露出特別柔嫩的部分，好像一個手賤的小男生無意識抓破膝蓋上在遊戲時跌傷的結痂，在完美曬黑的皮膚中間有一塊淺粉紅色不是很平整。

或許這解釋了為什麼精神過於老成的人通常「潮」不起來。當然這也有現實的一面，它許多時候徹底是動物式的皮毛色相的邏輯。天生美麗的人們不一定潮，潮的人物不一定美麗但總是有他們的款式，能夠使用熟練流利、修辭新鮮的服裝語言。十九世紀一本老書說：「每個時代穿得最好的經常是最壞的男女們。」不過我仍然喜歡看那些穿得最好的人，這追求有物質迷障不足以解釋的部分，有種靠身體髮膚就能發言，淺薄而厚重，又在歡欣中藏凋滅的能量，或許這正是他們曾經被認為是「最壞」的原因。

潮起伏無根。它必須先有月亮，先有引力，必須先有廣大深沉的海水，不經久，不能停駐也不應該停駐。關心時尚的人有時說潮流只是一時風格才能永恆，但永恆是未免太遠大的字眼，遠得不清晰而大得十分空蕩，我們總是太輕易出口但誰又真有希望靠近永恆。「一時」反而使它更具備了貼身的物理意象：是喜動而不喜停的，是對當下此時具備不捨晝夜的熱烈關切，它讓我常常想起時間的問題。還當鐘錶記者的時候，那些在錶面滑行的秒針有時令我煩躁，並不是有什麼不對或不好，只不過每一秒都像時間的裸體，見之令人心慌，可是不能迴避。儘管那些貴金屬或者鑽石與琺瑯，或者複雜到可以航向宇宙的結構，或者絲絨無毛邊的宣傳辭令都不斷強調這裡為你關住了時間，但你明明知道那都是買空賣空。我們每天在談笑中彼此欺罔一個未來，有時難免會覺得累，覺得與其如此是不是我們不如醉生夢死。

今日的一進終究是明日之一退，潮就是這樣的事，徹底不談論堅固，可能朝花夕拾，只是流而不連，而且畢竟會變得十分十分地可笑（你看過你爸媽年輕時的照片吧），卻從不放棄地一直拍出浪花，脆弱的愚行卻有堅固的痴心。我從不以為潮流的對立面是經典，就像少年的對立面不一定是他的上一代。事實上，經典正是驅動潮汐、遠在天邊又近在眼前的月亮與海洋。潮流真正的對立面是過度的實用與效益主義，是對審美的缺乏關切，就像一個少年真正的對立面甚至未必是年年月月的拖累，未必是柴米油鹽醬醋茶的浸蝕，甚至不是殘酷或者冷，而是對任何人都失去了詩意的無效的熱情。而這樣的人並不少見。或許這是為什麼我仍喜歡看那些活得十分有趣、我認為可謂是潮的人們，他們讓我想起納西色斯，賈寶玉，或者哪吒，荒唐不顧，製造可厭的靡費，然而，有什麼關係呢，無法不去寵溺，他們都是人類心愛的少年。

宅的遊戲

所以你想要一雙什麼樣的眼睛？揚眉或垂睫。圓型或葉型，杏子型也可以。我們有寶石綠、遠星藍、古岩灰及夜路黑。

皮膚的顏色深入淺出共八種。

免費贈送一套服裝、一種髮型、一組配件。

你獲得位在郊區一棟有前後院的房產。當然一開始搬進去時可真淒慘，院子雜草是滿的屋裡是空的。請盡力工作賺錢，資金投入整修，購買新衣與家具，起造庭園。除此之外你還能在家裡擺上很多書，閱讀後提升各種知識值。但讀這麼多書最後也不知能幹嘛。

你還可以一直一直去開廚房的冰箱，不用擔心因為不管怎麼吃都不發胖，不管吃什麼都是端著盤子站在冰箱前發出咬下蘋果的聲音。不管男或女都具有亞利安式的高腰纖腿，頸項修長、水晶香檳杯般的臉。

洗碗。更換壁紙。訂購新家具。種下一株玫瑰。砍去一棵野樹。洗澡。今天還沒有拜訪鄰居，於是出門。翻鄰居家的垃圾桶（發現舊衣）。打開鄰居臥室的床頭櫃（偷走指甲油）。幫對方趕開浣熊。在門口擁抱他。親吻他。打他一巴掌或者與他談論運動。

長日在此不盡，鳥鳴終日不停。沒有其他事可以做，那就拜訪下一個鄰居。社區裡還有二十三棟房子，眾人貧富不均，但大家都那麼美，抬頭挺胸站直身子，香檳杯裡傾入的是清水從來沒有壞表情。

§

最近我玩起一款小遊戲。關於這遊戲，也想再多解釋些，但上面已經說完了。

雖說看得出來它原先意欲將「劇情任務解謎」與「模擬人生」、「開心農場」幾類常見的小遊戲類型結合，企圖心很大，但這家來自德國的遊戲公司，不知到底該算「不德國」或者「很德國」，它的美術設計洗練，不隨世風賣萌，雖是2D遊戲，但物件細節一花一葉無不優美嚴飾，又可以四面旋轉（所以一把茶壺也要設計四種角度）。幾乎可以想像美術是怎樣一筆一畫手製出這個踢正步一般永遠九十度角不傾斜的世界，天工開物栩栩如生。

然而它的遊戲性實在太低，玩到一個階段後就只能做些機械式點擊動作收取金錢與經驗值；能購買替換的道具在越過一定等級之後又太少，進度開發也實在太緩慢了，每段劇情至多兩小時就解完，但已有七、八個月未曾推出新章節。不知道這公司到底想拿它怎麼辦？一時似乎也不打算中止服務，已經算不上熱鬧的官方粉絲頁上，三不五時還是會忽然發布小活動（送些道具什麼的）。反而顯得黯淡。好像過氣藝人偶爾在社群網站貼出當紅時的照片。獲得了七個讚。

不過我還是繼續玩著。把它當虛擬娃娃屋（家裡沒地方放真娃娃屋），而逛鄰居的家特別有趣，侵門踏戶也是這遊戲的一部分。總之，這是一個關於「宅」（包括了直觀的原字義，與次文化延伸而來的新意）的遊戲。

§

「鄰居」當然不是真鄰居（家對面的真鄰居你倒是一年也不會打到一個照面），而是世界各地一起玩這遊戲的臉書帳號。通常我只加入在臉書放真實大頭照（這多少可以辨認出來）、並透過塗鴉牆能捉摸簡單背景的人（來自哪國、職業是什麼、生活方式如何）。原本只是個人怪癖，卻讓這枯燥的遊戲派生出一種恍惚祕密、如在音樂或書頁中不斷遭遇各種伏筆的趣味，以及就算拋棄語言與溝通也沒問題的莫逆於心。

「天涯若比鄰」原本出自王勃的詩，上句是「海內存知己」，意謂只要心意相通，即使彼此翼軫衡廬也像比鄰而居，近似精神上的跨越甚至是共時性。但今日常被借以詮釋人類如何以科技克服物理世界裡一碼是一碼、不會縮短一公分的障礙，例如描述飛機或視訊的發明，非常務實，非常不玄，非常形而下。倒是這無聊的遊戲實現了句裡最初的詩意。

比方說，只要進入這些鄰居的地面，就對他的手筆與治事胸有成竹，庭院深處特別的櫻花並不是隨便能栽種，它價值十顆紅寶石；床頭的李根斯坦畫作則需十六顆。這些算是遊戲中的奢侈品，因為紅寶石只能以實際現金購買。有些人裡裡外外裝滿寶石家具，一眼估計都是幾百塊美金，我經常流連忘返嘖嘖稱奇，這個世界裡不需矜持的做客之道。

然而真正的醍醐味在於觀察各地陌生人，是如何在同樣的一畝三分地、同樣有限的購物選擇與差不多的預算裡，過起他與她色色式式理想的生活。人生充滿極限，充滿不從人願，都是一圈一圈綑仙索或者站起來撞到頭的壓迫屋頂，五百塊美金在日子裡一扇房門都買不到，於此卻能滿足一整座莊園。撫慰有時也就是這麼廉價與輕易，而自由、揮霍與家居的方式，三者組合起來真能洩露陌生人一些祕密。有的人屋子裡小小的，家具堪用，但在屋外大治園林多有樓閣花榭茵陳蒿。有些剛好相反。這傾向有時對應現實，好比住在科羅拉多州的 Anna 與住在德國的 Gertrud 都是前者。住在紐約的 Sammy 剛好相反。而住在島國的我山也想貪水也想貪，所以各自一半。

有人以森天絲柏密密將自己的地面圍住。有人（例如住在北卡的祖母 Daphine）不設一柵圍欄。

有人製造聖堂般的廚房，可容十數人的長餐桌擺滿沙拉與餐具，爐火永遠開著咖啡永遠煮著，可以住四五個青少年的大房間，地上安靜扔了一顆足球。

有人極力鋪陳客廳與書齋，一間臥室與一張大床，餐廳卻只放一張僅供兩人對坐的餐桌椅，上面僅僅一副碗筷。而不管是前者與後者，它都有可能是個獨居的老人，也都有可能是個反覆搓著抹布的媽。可能是夢也可能是真。

簡單的複製。幽幽的補白。快樂或不快樂。愛好與欲想。不言的紀念。有沒有一個再婚的男人，在遊戲裡還是安置了一副前妻喜歡的英式鄉村風花沙發呢？有沒有一個腹中夭折了小孩的母親，在遊戲裡的嬰兒房中，密密麻麻塞滿大象、兔子、泰迪熊娃娃呢？

有個重機大漢，他的角色是紅色短髮少女。有個看來怯弱的南亞少年，他的角色從來不把衣服穿上。原本紅髮、棕髮或黑髮的白人女性，遊戲中常常選擇一頭長長的金髮。我也不認為這馬上就能結論他們是扮裝或變性慾者、暴露狂或者每個都有血統的崇拜。那又太缺乏神經了。人的行動都能這麼一條大路通羅馬地解釋就好了。

§

游標在宅子內外鼠竄，螢幕藍光冷冷。遊戲裡代表我的那個小人穿著紅洋裝，被我指使得團團轉。一下子去投籃，一下子去看電視，活動力耗盡後就原地木然站著，等待每五分鐘回復一點體力。網路與人類靈魂對接的想像，科幻電影裡已說了那麼多，但或許，極限也就是如此而已。就像我們看十九世紀 Jean-Marc Côté 關於二十一世紀生活的幻想畫，也覺得啞然失笑。

於是我又跑去找了 Jean-Marc Côté 的作品出來看，五分鐘過去，小人又有力氣在螢幕上跑動。

其實你與它不會發生感情或連結，倒是先前鬼月時，有時半夜打開遊戲頁面收成金錢（當然是遊戲裡的），偶爾會亂想，小人會不會忽然被附身似的失控脫出了我與遊戲的指令範圍？小人會不會在動作到一半時忽然停下來、轉過頭，我看見她無神識的眼珠？

誰知道更恐怖的事情發生了。本來，遊戲裡少少幾項支線任務，總是像小印章似地以圓圖標列在畫面左方；一旦有進度，圓圖標旁便會連續閃跳一條長彩旗，上面寫：「有進度（Progress）」。有進度是多好的事情。

但某次更新後，我它被加上個奇怪的新功能：當你沒有進度（也就是都在忙些跟任務無關的澆花灑水之事的時候），圓圖標旁竟也會不定時跳出長彩旗，上面寫：「任務未完成（Incomplete）」。

我看到時有點目瞪口呆。因為任務結束後，圖標本來就會自動消失；還掛在左方就意謂「正在進行中」，因此這新的設計完全是多此一舉，而且跳出的頻率也實在過度頻繁。

你去看電視，「任務未完成」。你去坐在樹下，「任務未完成」。你去彈鋼琴，「任務未完成」。

有些玩家開始在官方的粉絲頁反應「不能理解這有何意義」，而且「非常惱人」。我明白。惱人當然不只是視覺干擾，而是在心理上近似受到宗教式的恫嚇。當然講好聽點，也可以說是暮鼓晨鐘。

任務未完成。我們總是有那麼多事未完成。而誰不是都在被「未完成」追趕的同時追趕「未完成」。

但天哪我只是玩著一個宅的遊戲（這裡就完全是直觀的原字義了），我真的不需要這些。然而冷清的粉絲頁上從來沒有任何遊戲公司的人在回答問題。

「任務未完成」「任務未完成」「任務未完成」。它又跳出來了。我何嘗願意！我就是等級還沒練到能完成它的時候啊。

就只好氣憤地關上視窗，回頭去做正事了。

末梢開花

窗必須是開的。這樣，遠山的稜尖，百里牽涉的電線，就刮擦眼球表面。風的千手紛紛，就將聲音從耳緣摘除。如果有強日照，光掠奪眼神；如果有雨，水土之氣掠奪呼吸。如果夜，它就特別沉著，掠奪夢的發動。鋼與鐵彼此堅硬，倥傯相錯。

如此寫下來，才忽然明白，在鐵道之國的日本為何我偏愛古舊的地方交通線而非新幹線。新幹線當然是另一種好，我也喜歡，但它像那麼健康新鮮的大動脈，太快又太愉快，太有舉足輕重的自信。或許稍微缺少一種不關生死但是無奈的疼痛。

當然了，捕捉著這種疼痛的我，無非也只是袖手旁觀，無非也只是因為下車後的我能夠頭也不回。

往來於幾座城鎮搬運時間的鄉間火車，彷彿微血管與神經的末梢走到肢體尖端，指緣掀裂，小出血，瘀青，循環緩慢，刺麻感。對於觀光客，昭和年代的硬體與空氣有無論魏晉的頹盪抒情之感，現實則是許多區域長年面臨人口老化與地域過疏（鄉間人口流失）問題，（連這些問題本身，現在聽起來都這麼蒼老），這一路或那沿途豈不都曾風霜雨雪，依舊是作廢，再也不必了。過去幾年日本旅行，花了一些時間在北陸與能登半島一帶，許多地方路線都這樣，例如距離金澤開車不過半小時的白山市，以山岳信仰之靈峰白山聞名（記得大河劇《真田丸》中，真田家背後長掛條幅「白山大權現」嗎？其大本山即為此地的白山比咩神社），然而一路沿城鎮步行，都是棄軌，廢站，草在紅鏽與朽木間竄竄瘋長出來，如神經末梢因不再震顫，因不再歡欣，而發生的喊叫。

末梢。畢竟所有的花都曾開放在末梢，在盡處。仔細想想，就像身體每個突觸部分都是關鍵字。例如舌信。髮尾。鼻尖。指端。睫緣。或者胸之處。腹低之處。

故也有絕美的。在北陸的富山縣沿岸，有一小城，名為冰見，冰見不遠處，名為雨晴，細小的雨晴車站出來，為雨晴海岸，近於富山灣凹入的腰窩位置，到了一方土地能邊緣的最邊緣，軌道寸步不離緊貼滿散著貝殼的沙灘，遠有立山連峰，近有男岩女岩，是攝影愛好家們守候火車、夕陽、與雪山撥雲的名景點。不過，經乘軌道，抵達末梢，有時不為在那裡過度地停留，也只為了很匆促的一段，例如從高岡抵達雨晴之前很匆促很匆促、宛如水中央的一段。那時我一定想到過《神隱少女》裡讓夢境都落下風的海原電鐵，也一定想到過新海誠《秒速五公分》一路從城市中央周折到遠方的傷感跋涉。道阻且長，從前我不知道，以為俱是動畫色彩刻意鋪張情感，現在經過了，才確定，它其實很寫實：關於一條路走到最後的心口滯血；關於有去與無回的滿面擦傷，是沒有不寫實的。

現在還談皮包嗎

階級。性別。消費主義。事到如今一個女性再討論她的皮包，似乎也是叫人倦怠的了。

儘管世間仍舊不懈地在女人手袋這件事上做指點的文章。若是下劣一些，就說些「包包換鮑鮑」這類自以為俏皮的話；比較不懷惡意的，大概也覺得有滑稽之處，例如女朋友出門為什麼需要各式各樣皮包呢，為什麼各式各樣的皮包裡裝了各式各樣的自我要求與安全感呢——化妝品。濕紙巾。皮夾。鏡子。維他命丸。保險套避孕藥。止汗劑。記事本。Ａ４尺寸裝工作文件的Ｌ夾。我聽說有人放兩種不同的防狼噴霧（怕緊急時刻撈不到）。男朋友出門只需要兩個口袋，一邊裝錢，一個裝鑰匙與手機。（行動支付時連錢也不必裝）

這固然貼近事實，這說法充滿象徵。男人身體上垂掛兩個袋子即大步走大道，一邊裝著資本，一邊裝著進入的權柄。女人的身體則什麼都要滿足，她皮包的納藏層次像她下腹內外構造，最好能容受要撫養全世界的夢。

時裝史上女性手袋其實是愈做愈大的，它脫離純裝飾性的軌跡與女性主義亦步亦趨，特別是在二十世紀的六十、七十年代後，從務實角度看，確實是現當代女性於社會職業生活中活躍的表現，例如 Jane Birkin 抱怨當時女包之侷促不實用，找不到既好看又能裝各種東西的大提袋，Hermès 就為她製造了柏金包。不過有時我也憂愁地想，按照這尺寸的發展方式，或許意謂我們曾想丟掉的東西從來也沒能夠丟掉，它們一直在裡面，它們是我有生之年不可能改變的積壓。

這樣一來，不挑些自己喜歡的，不變些花樣自己哄自己比較甘願地背負它們，很難過得去。

幾年前整理衣櫥發現埋著一只黑色舊式 Bally。裝在絨布袋裡。母親自己都忘了還有這件東西，看了一看，說也有將近二十年了吧。實在保養得很好。家裡一直有三五件這類老皮包，都是我所知道的，也當然不是到處塞著好東西三天兩頭都能夠有出土之喜，所以發現這隱藏版，我就格外高興，真是前人種樹後人乘涼。它四角五金一點顏色也沒掉，但是在時間的包裹裡也不再光芒鏗鏘，有緩緩的玉意。

我說給我用吧給我用吧，放著也是放著，這些東西就是要用的呀。這幾個拿出來用，我可以很久——說不定從此以後——都不買皮包了。

當然後來……

後來我當朋友們自駕的拖油瓶去了義大利。在折價驚人的 outlet 裡看見一件紅色漆皮亮面貝殼包，價格比之臺灣店上徹底是跳崖。因為想起自己早先的話，就心虛地在那兒走過來走過去，朋友說你為何魂不守舍，我指指它，拍下各種試背與各種角度照片以各種通訊軟體傳給各地親友……最後收集到五個「應該買」。

啊三五年內我不再買這些東西了！這樣說。誰也不理我。

也不是不知道來自歐洲的奢侈品牌及其形象建設與亞洲人之間的情仇，實在是古老帝國主義的充滿血統想像。在 outlet 為了購買過季商品躊躇的市民階級則根本是花式的沒救。

這紅色貝殼包用了幾次，也不知怎樣，本來覺得規格日常，很實用，但那人與物與環境之間的咬合，彷彿遲遲差著零點幾釐米，有一點「多」。因此大多時候，也是包進絨布袋收在衣櫃。

結果最近最常用的是在超級市場裡買到的麻布編織購物袋。一只盛惠臺幣七十五元，上面寫藍色大字「我的袋子比你的好」（My bag is better than yours.）……狂得平鋪直述，平鋪直述的狂，要說它中二吧，又有你無法反駁的天真意氣。又是適合夏天的顏色。它好用的很，回到家才後悔當時旅途上竟沒想到買它十個。如此豈不是有十倍的好。我總是能將皮夾、鎖匙、化妝包、手機、書本資料、梳子、筆記型電腦、防風圍巾、乾洗手，一概漂亮地裝進去，撐得規規矩矩，方方正正，沉沉重重。出門時，它總是臨兵鬥者皆陣列在前，但回到家時往桌上一甩，一下子就塌了。

現在常覺得這種軟質塌落的樣子特別可愛。背著皮包的生活也是這樣的：你盡量筆挺，你盡量背負，你盡量能提起，你盡量懂放下，但是也會有一瞬間，你找到機會，頹然地稍微開口，吐露攪結的實情：一張手心揉過的衛生紙，一段碎票根，它們都落了出來。我盯著它們，發起長久的呆，在呆中忽然醒覺這就像是談論皮包一事之倦怠過時一樣：那種適宜於新潔的，光滑的，漆皮亮面的年紀，實在已安安靜靜過去了。

不過，大紅依舊是好的。

在散文裡我不太常寫自己作為女性的生命經驗，這本稿子翻來翻去，好像只有剛剛那篇勉強能算。

從前常困擾我的一個問題是：我們是不是應該先作為一個世界的申言者，接下來才作女性的申言者？但漸漸我發現，之所以會產生這困擾就是最大的問題：這個困擾並非心懷世界，而是將女性排除在世界之外，排列在世界之下。這是女性對己群最大的出賣。我幾乎不聽說男性創作者曾考慮「我該先作為世界的申言者？還是男性的申言者？」因為雞雞一般都內建一個「我即世界」的晶片。

而直到今日所謂的「普世」或「人類」終究是男性世與男人類，絕大部分的男性也不能說是關切女性的處境（但這一點我不在意）。事實是：性別處境是一個女性一生至死不可能擺脫的雷雨雲，國族、階級、政治與宗教的所有問題，在性別領域都會派生出專屬的性別問題；事實是國族階級政治宗教都有一時一地的限制，但性別問題從遠古直到永恆。

事實是，除了女性自身沒有人會為你發聲。女性不詮釋自己隨時有人越位詮釋你。

我想這應該也是很多女性創作者（無論領域是什麼）早期會面臨的困擾：不是別人的懷疑，而是自己都自己懷疑自己的關切與主張「有沒有必要」「是不是重要」「我是不是該把女性的問題放在另一個更大的問題裡面討論」。或許以敘事策略而論，這些考慮沒有錯，但這只是戰術面，不是戰略面。

戰略面是：如果一個年輕的女性創作者，也出現我上述的曾經困擾，那她不應懷疑自己，應該繼續述說女性與為女性述說。女性不僅必須，甚至可以說有義務，理直氣壯地申說女性的關切，女性的境遇，女性的眼光，要說得好，說得久，說到沒有人能把它排除在世界之外，排列在世界之下。《秋刀魚之味》、《晚春》、《比海還深》、《無人知曉的清晨》、《母親》、《家族真命苦》如果不是出自小津安二郎、是枝裕和、山田洋次，而是小津安子、是枝裕子、山田洋子，大家就等著看吧，要有多少人說他們「女人拍的題材，老是跳不出家庭親子的小框框，缺乏宏觀的關懷」，或者會有多少人嗤之一句「婦人之見」——等一等，我想太多了。更大的可能是小津安子、是枝裕子、山田洋子自始就不會得到機會與支持拍出這些作品。

從這角度而言，有時我亦覺得例如女導演，女畫家，女詩人這樣的稱謂，或許也有戰術意義：在這類帶有強烈主張性格的職業身份之前，先提醒這個「世界」，聽好了，這就是一個女性的意見。即使說的內容跟女性經驗毫無關係也都有性別上的意義。但當然了，如果只是取巧地占用議題，每天在那邊自溺自戀自哀自美，或者向異性戀男人的意淫獻媚，別人也是看得出來，隨時準備撲殺。

臺北街巷

臺北的好在於街巷。

旅客們熟知的地點當然也不錯，例如淡水老街（雖然已太觀光化，本地人基本不去了），永康街（不管怎麼說，遠來一趟鼎泰豐總是要吃的），民生社區的富錦街，東區忠孝東路兩側背後的小店區，或者這兩年老社區復興風頭健的赤峰街。

然而除了那些有名有姓的地方，滲透四處的無名巷弄，位置很不具體，情況難以說明，才是在臺北生活的真正心意。

若講究全套的街巷風景，臺北比不上臺南。當然也不像東京荒川沿線或淺草區有一種大塊文章的下町趣味。而是星星點點的，在高密度、缺乏綠地規劃、沒有喘氣空間的都會軌道上，各種意在言外的轉角與歧路分布在繁華街的背面，一如城市的毛孔，有它們就有細綿綿的呼吸，往往曲折離奇，錯一個岔路就咫尺天涯，非常讓人迷惑。然而柳暗花明中草木磚瓦各有寄託。臺北從前談不上古都，今日也不再豪華，是小孩子放學後吃的家常食物，冬天像濕溶溶的香草霜淇淋，夏天像爐子上持續燉著的一碗熱湯，春天像蔬菜沙拉，最美好的秋天像土窯裡剛鉤出來一枚烤番薯，掰開來金黃鬆爽，而這些街巷正像一點鹽花，隨手隨意撒上去，滋味就忽然深切起來。

或許關鍵就在隨手隨意。有點欠規劃，瑣碎。壞處也有，例如住商不分，居民往往任意拓建，街廓的勾勒不整齊，但這也同時造就了它的可愛。作為土生土長的臺北人我喜歡穿巷子甚於走大路，例如捷運古亭站附近的同安街，此地日治時期稱「古亭町」，街頭有兩百多年的土地宮「長慶廟」，街尾有北原白秋訪過的紀州庵（二十世紀初是高級日式料亭，現為市定古蹟），地圖上七顛八倒的細線就貼著這些老地點敬畏地生長開來。有時貪抄捷徑，我會穿過長慶廟接行另一條巷子，匆匆掠過正殿時在心裡向土地神行一個禮。

有時是在宵夜或酒後，為了醒腦或消食慢慢在鬧區的巷子裡散步，像一列微蟲潛行於葉片的根脈。路燈在柏油路面徒勞地投出一弧一弧暈光，不知名的團團白花從圍牆裡瘋長出來，大半株都垂掛在牆外，安靜暴烈，像尖叫時被摀住嘴，聲音被抑制，竟擠壓成物質從眼耳鼻冒出了。當然這是因為深夜的緣故，難免出現一點奇想，其實在臺北，即使凌晨兩三點都能在市中心不設防地行走（更何況十公尺之外就有二十四小時廣開善門的便利商店）。這也是看起來粗疏窄小的臺北，令許多外國人（特別是西方人）意外的溫柔與廣大一面。

臺北的街巷也像臺灣人，門與窗之間挨挨蹭蹭的，的確是擁擠，偶爾也爭先恐後，在裡面穿行需要些民間智慧。但大多時刻還是有點揖讓的古典人情，例如在窄巷錯身，車子若遇行人阻路，不太鳴喇叭；行人發現後面有車要過，也會往路邊儘量靠去暫讓一段路，貼近兩旁屋簷的時候，有時會巧遇一隻貓走在牆沿上，有時會發現一柵古鏽的鐵窗，那鐵窗窗花完全是童年的樣式，後面鑲著毛玻璃的綠窗框半開闔著，紗窗裡透出煎魚與綠豆湯香味。你幾乎不想繼續走了。

有天我在家附近一個十字路口等人，左顧右盼時發現對面機車行的二樓竟是一座半頹的紅磚老屋，盛夏正午，太陽有鎏金的豔光，藍天高遠清潔，毫無雲絮，斜傾的磚牆上窗框還保持著他的方正，但從裡面攀出了各種野草閒花，碧綠豐滿在一樓的屋頂位置四處蔓生，一整個兒像《神隱少女》場景。當時我一瞬間覺得自己在發夢，因為搬來這個社區已經十幾年，從來沒有注意到這個角落，但這就是臺北的街巷，在一個舊舊的、衰衰的地方做生活，注意不注意都與他無關，終於在半空成了風景，即使是對他最習以為常不稀罕的人，都停了腳步，戀戀不捨地張望。

雪灰堆

天氣熱反而適合燃香。煙火能吃濕氣，但蠟燭火氣太強太焦燥，線香比較好。香味又攪破暑中的內滯。

去七尾時買的一盒香終於拿出來點了，店家委託神戶薰壽堂製作，又以能登民俗「花嫁暖簾」（當地新娘出嫁時的一種儀節）為它命名，氣味質地與京都松榮堂的卯花月非常相近，不過清瘦一點，不那樣富麗到滿，細節裡木質削立的直角較多，花朵較少。連日點了幾根，自己也覺得莫名奇妙：兩種氣味實在很像。但我不是還有好幾盒卯花月嗎？（有一陣子買了很多大概足夠點到死後拜自己了）。總是被這類多有典故的事物迷惑，它如果普普通通叫做什麼「琳琅」或「月下」，我可不會買啊！

但到底為什麼叫它花嫁暖簾呢，總不好只是因為氣味香甜吧。這有點草率吧。所以你看賦名這種行為，說到底，本質上仍有些人務神事，偶爾能引出小小的心魔。

這樣似掛記未掛記，走過來走過去地過了幾天。一日，忽然一瞥，獃了一下。因點一兩根時看不出來，堆積下來才意會：這類日用線香的燼餘，一般是灰色的，我藍色香皿上的花嫁暖簾灰堆卻近乎雪白，泛著非常清淡的粉紅色，或擬胭脂或紅暈。雖然不能完全確定這是不是有心的調製（或許我應該寫信去問問看……），不過心裡頓時就：「啊，這樣可以吧！」

銀聲音

如果不提廠牌，應該不會被懷疑這是業配文吧，真是戰戰兢兢的時代啊。總之，最近得到了一顆無線喇叭。正方體邊長五公分的無線喇叭，黑邊線白平面，像仙人在雲中伸出了霧般的手，將數學課本裡的幾何形狀拎起，在掌中翻了一翻宛然而立。

由於個性有神經質又欠缺慧根的一面，我排斥各種聲響形式，偏好的音樂範圍也非常非常狹窄，睡前不能聽否則睡不好，工作不能聽否則做不出來，家裡也一向沒有什麼聲音裝置。專心時如果有人對我說話，極為厭惡煩躁。

沉默總是我的金。我感到沒有比聽覺更侵略的事，言語都願能免則免，畢竟它最終都不會是橋，而是彼此藉以發射絕望的銀針。

但這顆喇叭模樣巧妙可愛，又是無線的，誰能不喜歡無線呢？它那麼自由，不絆倒人，乾乾淨淨，不拉扯，實在是有恩無怨。

我未帶特別期望地試著將它與手機與電腦連接起來，十分順利。播放也十分順利。它的聲音出人意料地透澈，像秋日的藍天白雲，音量高昂清朗如長空。如果聲音有形狀，一切都跟這立方體一樣玲瓏。我很訝異如此肥皂般的小東西效果這麼好，一面讚歎科技惠人無數，一面為了自己少見多怪的落後感到羞恥（它早就問世許久了……），一面又為在生活中有這類微小得用的事物感到喜歡。

它放在哪裡都可以，正因放在哪裡都可以，移動性讓原本摺疊的音線抖開了立體的場景。如果在書架上，鋼琴的音符就如雨墜落頸上；如果在案前，三重奏是迎向眼前的海浪。我也會讓它真的放出海浪與雨聲，然後陷入其中。

有一次我散散漫漫，琢磨著某件心裡的事，隨手放一支民謠歌手的歌，無意識將喇叭在兩手間交過來交過去像魔術方塊把玩，才發現，因為它的效果遠勝手機擴音器，所以簡直像將歌聲具象捧在手心，童話故事中海妖收小美人魚的聲音在貝殼裡就是這感覺吧。每一聲每一句即使換氣都微微震動，顫抖地進入皮膚，真像有人把心剜出來濕淋淋交在你手上，且唱又且跳動。

科技求取便利與趣味的路途中，當然常有這樣意外的人性時刻，但那瞬間，我還是嚇了一跳，覺得有點棘手，雖然觸感恍惚美妙，但真的無法將它握住太久，好像輕輕一捏誰的靈魂就會內出血。

後來我就很少隨意將它拿在手上，總是安安靜靜貼著木桌，書本，等等無機的表面。後來我重新開始聽一些忘記很久的音樂。

比較少年的時期，我以為魔幻時刻必然是金的，是虹的，是忽然閃爍的，是火花燦濺的，因其不壽不永而永恆詩意。但現在，我開始覺得生活中真正的魔幻，是發現那些金質終被磨得見底後，還有一層濛濛的銀撐在裡面，布滿了細小溫柔的刮痕；我開始覺得，魔幻是在你以為自己堅固無隙的時刻，忽然需要一首歌，那首歌，究竟也不曾真正唱了些什麼，你聽見的時候，回頭對人笑笑，笑得像塊金子，可是心中，淚流滿面，滴出了銀色的聲音。

拜　文　曲・　・

做這一行的話，不免經常談到讀書看電影，自己都很赧然，感覺真沒新意。蒐羅在同一輯又更沒新意。姑且只好說，至少這樣顯得整齊。

我自己對書沒有執念。對紙本也沒有。紙本書只是在人類歷史中享有太長一段時間象徵意義與物質層面的優勢：既作為擁有知識資本的奢侈彰顯，搭配印刷術又是輕便經濟的傳播介質（至少跟羊皮與竹簡與手抄本比起來是好太多了）。在此刻，一個人有心求知，確實不必讀書破萬卷，說到靈動迅捷當然也遠不及數位媒介。

但我還是喜歡書，並非因為我比誰更深邃或高貴或者有智慧（友善提醒：小心以崇書為名實則只為自我感覺良好的拜書教徒）。喜歡書的原因或許只是像褪不乾淨的皮那樣的老習慣。我也喜歡在書之中有相對放慢的速度感，每個人的頭現在都被時代風火輪拽著跑，跑著，是沒什麼不好，但偶爾也想當鴕鳥，埋起來。

像這樣在紙本書當中講紙本書的壞話，好像很諷刺，但我想其實也不算壞話，一直當鴕鳥終究不好，何況頸椎也受不了。

說到讀書心得，不免想再度熱烈推薦一本書：張亦絢的《小道消息》，形式上是小截小截讀書隨筆攢集，但千萬不要小看，它又廣博又刁鑽，每段是洞察與知識的濃縮滴雞精膠囊，整本書是心靈的不求人，給人狠狠地抓癢。而且不管任何時候拾起都能讀得吃吃發笑，那真正是愛書人與愛書之書。

（結果一不小心，又寫了一段讀書心得。）

面朝大海，春暖花開，做一個沒用的人

這樣說起來，那本一路帶著的書，也算是經歷過了。我打開行李我關上行李，取出它又丟回去，丟回去再抽出來。有幾天甩在汽車後座。有幾天胡亂裝入購物帆布袋扔置一角。有幾天在枕頭底下。它像個倒霉的上班族參加了每一場會議，每一場會議坐睏愁城，每一場會議海枯石爛，每一場會議其實根本都不干他的事。

這次也是從頭到尾不曾讀一頁，就回來了。

長遠而言，識字與紙張被視為人類基礎設施的歷史並不太久，所以書本這東西雖不難取得，但在抽象的道德情感裡吃水還是深一些，畢竟還沒忘記是從貴族跟僧侶那裡打砸搶來的東西，不容易啊，臺灣廟宇裡至今可見敬字亭；對於跟書這籠統概念有關的人，大家也格外有些不合常情的期待，例如賣書者談生意事，較易被責以「失去靈魂」、「商業化」（但「不商業化」的產業，有可能持續育成好產品嗎？誰又有義務以自己的吃土成全路人腦補的淨土呢？）

總之，大概因為這一點幻想裡的向上氣氛，我就經常在出門的行李箱這種得在鑽石裡榨油的空間塞上書，新的書，一直沒讀的書，字多字小的書，有時瘋達四五本像一次買了三輩子的贖罪券。（對，我沒有 kindle。我總感到閱讀器有點首鼠兩端。）

從來沒有一次真的讀了。從來沒有。又不願意半路丟棄。

往往就只是推著它們拽著它們拎著它們，背負它們如負罪一樣在世間繞圈圈。多次下來，漸漸感到為人實在不宜一再重複這種甚至不夠格稱為錯誤的錯誤：我的意思是說，有一類貌似不清醒又充滿傷害性的重蹈覆轍，其本質反而非常清楚，一眼見底，是邊角分明的人性，但我這種行為，只像昆蟲的斷肢徒然搔抓空氣。

所以這次去義大利，就謹慎地只帶了一本。而且很薄。反而特別顯出這是如何地對自己自作多情：這麼薄就以為會讀完嗎。以為離開某個空間就會忽然變個更棒的人嗎。在乾燥又沒有 Wi-Fi 的機艙裡，以為自己會安心轉開小燈，而不是彆扭各種姿勢睡到嘴開開嗎。（不過可怕的是，空中巴士A380的機艙裡的確有Wi-Fi。）

如此地自己給自己幻想，又自己給自己打臉，真是比對別人自作多情糗多了；因為別人有歉然一笑的可能，但自己看待自己時，那沒有藉口與無慈悲的程度有時是不可限量。

「旅途上的書」這事忽然讓我缺乏力氣，覺得人生沒用。

§

「沒用」跟「無用」當然是同義詞，關鍵在於兩字習於鑲嵌的環境不同，氣質就非常不同。無用是模糊而不毛，沒用是清脆的否決；「無用」是凍原與沙漠與月球的猜想，「沒用」是一隻拒絕的手拉開廢棄的空抽屜。「無」如果有氣味，聞起來可能像冷卻的香灰，至於「沒」……聞起來大概是一蓬一蓬的濕黴。

「沒用」的情感現在好像很容易纏繞上我這樣的人。什麼樣的人呢，那些跟文字銬著載浮載沉的人。這跟賺來錢多少無關（雖然一般也是賺不多），這跟環境看不看重你的業務無關（雖然一般也是不看重），我只是漸漸沒有什麼把握：我們在此何用？早年好萊塢劇本取笑劇中失敗者的方式是讓他宣稱自己「正在寫書」，所以我腦子裡總是有個角色是這樣的，一整部戲演了半世人也沒寫出來，直到結尾那個沒用的自己終於天靈蓋忽刺一開，眼前一片開朗，疾疾如律令走進房間準備動手時，被地板上長年堆積的各種無用參考書絆倒摔碎了手臂，醫生對他說，接下來半年內你都不得高抬貴手。戲裡戲外大家哈哈慘笑。

幾年來大家反覆談論各類出版品（包括書籍與紙本媒體）的瀕死經驗，與其說是無垠膨脹的線上空間將書物碾到了牆角，我的猜想，更近於書的「符號／紙張／知識或訊息」三位一體結盟意義，徹底被介入、被解散了，原本相加相乘的效果成為相拖相磨，但這些元素會各自拆卸成零件，安裝在數位機體上；在臺灣，這狀態既體現於內容農場，也體現於巨量評論型文字噴發與短詩之雄起；既體現於社群帳號的意見展演，也體現於彈幕及長輩圖；既體現於紛紛的鋼筆習字帖與手寫社團，也體現於狂熱的著色畫。

著色畫成為臺灣書籍銷量冠軍，有些人為此悲觀。我則感覺這是線上生活與線下經驗對撞後，終於無可避免將彼此推向各自表現形式的極端氣候。線上生活充滿朝生暮死的流行語，訊息生產、公關危機、言論攻防的進度一日就是三秋，有史以來人類的精神面從未如此晝夜狂奔、眼力從未如此重勞動、交換意見的對象從未如此複雜大量。這種一秒都不錯過、一比一對接現實又溢出現實的時間流，讓存在於此的語言發展出另一種高轉速情境下的審美、節奏與密度。好比說，有些文字在網路上唰唰地讀很有意思（特別是時論），印成實體書卻常給我以不和諧與飄搖感；有些文字在紙張上風致具足（特別是小說），轉印到螢幕裡，就似乎有種剔透折射玻璃般的光質，被清潔劑洗去了……

某一類寫作似乎必須是屬於紙的，某一類文字必須依身附魂。我們相信紙張的程度恐怕比想像中深一點（你看你的鈔票）。當然，這可能是我個人的偏誤，就像古時應也有人主張手抄勝於刻版，刻版勝於鉛字，接著是鉛字的凸印感勝於數位印刷……這些線下的經驗，幾乎全都是關於肉身如何產生與留下痕跡，以及製造出實存物的成就感。你會發現喜愛書的人談及對書的戀棧，常基於觸覺，氣味，動作，重量，擁有某物體引起的欣快情緒……我猜想著色畫與習字帖受歡迎的原理也是如此：它保持書本的外形，只是將書本為人熟知的訊息／知識功能全部拔除（有人因此認為它根本不能算書），將紙張的體感效果極大化，而「控制雙手確實完成看得見摸得到的物質」，在一個奇觀見怪不怪、與自然關係疏遠、挫折多端的社會裡，這當然是非常紓壓的。烹飪與自造成為顯學大概也是近似道理。

畢竟還沒進展到科幻故事裡放棄軀體依舊栩栩如生的時刻，人類一天不全員脫殼仙去，皮膚就一天仍是個和大腦一樣性感的器官。數位環境顯然是無法不將直覺、急促、資料性、高聲量與嫁接多變進行到底的，紙本則勢不可免被逼回最後一吋肌膚相親、纖微迂迴的底線。在這個底線上，關於紙書的一種潛力，可能就是徹底認清，紙張是無法也不要想去競爭速度、量體與傳播效益的，它只能在有形層面講究審美體驗以顯現優勢（當然講究不一定等於昂貴，例如在紙漿裡攪入魚子醬大概沒有什麼意義）。況且美並不比真與善卑微不足，而烏龜與兔子自始就不必賽跑，你好好一隻海龜為什麼不在大洋中漂亮地打水？

八年前大家印象中平價平裝輕量的企鵝出版（Penguin），推出了一套逸品「布面精裝經典文學」（Clothbound Classics），開本與手感十分斟酌，不粗笨，資深設計師

Coralie Bickford-Smith做的封面顏值驚人，一面縱向地以視覺詮釋文本，一面橫向與書系其餘作品呼應，一排擺在書架或桌面，美不勝收，在14與16英鎊的範圍裡，將經典的寶藏意義內外一體地圓滿起來：或許原始的收藏慾，以及對美麗發亮事物的占有本能，有可能讓我們擺脫今世這競逐注意力的血戰場？至於認為書這東西只需印得清晰可讀，其餘力氣都是邪魔歪道，也是奇怪的計算式，好像排斥感官就能自動證成思想高度。勿鬧。沒有這回事。賤視美通常只證成了醜。一如天才可能不修邊幅，但不修邊幅並無法讓你變成天才。若說「精神食糧」的道理，固然也沒錯，問題是對街已經在精神自助餐、精神流水席、精神大拜拜了。何況到底為什麼一本你認為大家值得掏錢的作品卻不值得更優美巧妙的對待呢？

§

邪典電影大師約翰華特斯（John Waters）說：「如果某人家裡沒書，不要與他相幹。」（If you go home with somebody who doesn't have books, don't fuck 'em.）年輕時候見山是山，覺得這態度豈不是很酷嗎；再過後，見山不是山，覺得萬一那人有書，但讀物與你脾性不相容，還不如沒書來得好，反正又不是去寫功課；至於現在見山又是山：即使不相容，有就算好了，電話簿都好，想想小時候無聊時也會亂翻厚厚的黃頁本啊。

大概我還是舊人。我總是想像每一本我喜愛的文字書是一匹匹真絲上有金銀繡，嬌貴得很，又脆弱不實際，大家早就穿舒適便宜的化纖，只有它們在走廊末端的房間裡自己疊合著自己；但當我在那個千百倍速的世界跑到太累太熱，那種疲倦，那種空洞無心，那種沒用的汗如雨下，我就把自己反鎖回那個房間，裡面空氣清凝碧冷，光線片片削著牆面，絲緞也紛紛地展開了，一層一層把我裹成餡酥酥地像一尾腐皮捲。

但或者這樣的一點摩挲不去，終究並不客觀，紙本書沒有比其他媒介方式更深邃優越，讀紙本書也不可能代表誰就比誰高貴高雅，我的流連不去更近於懷舊情感與天性趨向而已（我喜歡慢速、繭居與方塊字）。有次在餐廳見一小女孩坐在窗邊，不超過三歲，父母在聊天，她自行盯住窗外許久許久，忽然就伸出右手，貼住停在玻璃外側那枚淡淡的白色粉蝶，食指與拇指機敏地張合做出觸控螢幕上拉近圖像的手勢。她的表情急惱且迷惘，這是什麼東西呢，我想看清楚，怎麼都沒有變大呢……

在 iPad 上刷有聲互動繪本長大的一代將不太有紙的記憶吧。但我認為這趨向完全無關是非，同時相當自然。

朋友在大學裡教書，某日考試前刻看見臺下所有學生都在滑手機，前一秒還在憂心大家怎麼到現在還不讀書，後一秒發現，不，他們在讀，他們只是在手機上讀。年輕人不買傳統概念上的「書」或許不代表不愛知識與文字，只是他們不在舊的位置上用舊時候想像的那種方式愛。我想書的機會或許在於盡快接受「文本加紙本」的傳統性質已被割裂、一般而言分則強合則弱的現實，未來既存在於紙張的物質感觸裡，也存在於內容如何承載科技工具滲入行動裝置與線上環境的想像（雖然其他國家早在這麼做了），例如電子館藏（再也不用跟同一門課的同學搶借那兩本書！）或分章購買，實用性的工具書於此尤其吃香。至於像前述企鵝內外俱強的布面經典文學系列，就會在八年裡出到八十七本，網路上甚而有收集交流與互曬圖片的社團。

至於我自己帶去旅行的那本書，現在好像還留在沒收完的行李箱裡……

去義大利時，因為除了「gelato」（冰淇淋）跟「gatto」（貓）什麼都不知道，所以經過二手市集的舊書攤，目不斜視像經過一堆落葉；街道的書店櫥窗看上去，也就是堆了各種花花綠綠的磚塊。反正河嶽與日星從來與辭令無關，長空與蝸牛的殼紋上也會有不名的天諭，就這樣心胸輕快，走來走去，或是倒在車子後座瞌睡，面朝大海，春暖花開，當一個各種意義上都有夠沒用的人……我猜這也是觀光客有時招人討厭的原因，以夢遊的眼神凝視別人日常的地獄，實在是莫名其妙。在中義，每走一個小城市，我們就是看教堂修道院，每進一間教堂，都只有義大利文，太輕鬆了，完全有藉口不理解歷史背景與地理脈絡，只是迷幻地想著古老的建築師們到底為什麼，會知道將某些線條以某種方式彼此結構起來，能夠召喚出關於敬愛、畏服、誠願有所付託的情感，以及美的感傷呢？這太神祕了。

所以會不會倉頡造字時，「天雨粟鬼夜哭」根本不是今日理解的意思？可能天雨粟是憐憫從此人類識字憂患始，所以送點米來請你吃頓飽飯；可能鬼夜哭是思及人類貌似找到有機會讓物種無限接近靈魂與天地的梯道，卻註定從此要在這條路上相互攻伐，恩怨不解，徒勞無功，故難以掩抑不忍之心？你看像我，一路這樣，正氣凜然地無知，真是絕學無憂，此外沒有書本好買，身心與行李都完全不發生任何道義負擔；在濱海城市 Livorno 一間山丘上俯望利古里亞海的教堂裡，不派遣文字協助梳理邏輯與理性，一種渾沌的宗教性體驗與詩意情感就那樣嘩嘩地大量湧出來了，自己也嚇了一跳，好像有點體會臺灣的護家盟一類組織的心理背景了——那就是理直氣壯地不用腦，以及不識字。如此而已。

「本書還有很多重點，不過我忘記了」

01

半睡中讀《徒然草》，就覺得吉田兼好是酸民吧。他說，人名啦名號什麼的，使用生僻字眼，無益又討人嫌，如此刻意求奇是才學淺薄者的必然表現。又說，船隻盡裝些Made in China的無用產品（唐貨）渡海而來，真是不值得。

大講女人壞話。講名人們（諸公卿）八卦。嫌棄石硯臺上擺太多支筆是粗俗下品的景象。有時寫讀書筆記，寫到最後說：「本書還有很多重點，不過我忘記了。」

也會轉貼小動物趣聞：某人夜歸，被動物猛然撲來扒抓脖子，他嚇得大喊貓妖出現！其實是他家養的過度興奮的狗。又，貴人誤以為另個某人虐狗，對其心生厭憎，最後才發現是讒言，吉田兼好說這厭憎之心可貴可敬，點評為「一句話：看到所有的生物，沒有慈悲之心，就根本不算個人。」

有時我疑心此其時之萬物與經驗並非線性繼承而來。歷史真的發生過嗎，難道不可能是被共同預載在大家腦中的認知嗎。這樣想的人顯然不止我一個，有個叫做「上星期四理論」的科幻猜想，認為世界上星期四才出現，所有背景與細節都是整組安裝進來，我們自覺是記憶或經驗之事也只是函數與模型之增添。所以才說太陽底下沒有新鮮事。因此一三三〇年代的《徒然草》要說是平行時空的吉田兼好在二〇一七年的facebook牆面合集，大概也不是那麼不合理。

書中又記述這樣的故事：有位押領史（大概是縣市級的警察局長），認為蘿蔔（大根）是治百病的妙藥，多年來每天早上固定烤食兩根。某日惡人來尋仇，緊要時刻，官邸內忽然衝出兩名陌生的死士，將敵人擊退。押領史甚覺奇異，問說，兩位勇士，你我素不相識，如此奮戰，是何方大德呢？

對方回答：「我們是長年承蒙信賴，每早尊食的大根。」話說完，人也消失了。這個自然觀實在又殘酷又多情。我猜想這大根神此後恐怕是賦閒多年，數百年後才在《神隱少女》裡的電梯出現，養尊處優已經團團圓圓如《史瑞克4》裡的鞋貓了。

02

朋友推薦我一位中國作者劉天昭的散文集《毫無必要的熱情》。

她說馬：「馬是這樣美，又毫無媚態。」

她說芝加哥的冬天樸素莊嚴：「好像寫在紙上的一封信。」

她說旁觀他人之呼麻：「自己在樓上這麼清醒，像一塊頑固的秤砣，把雲彩都壓破了。」

她寫音樂會：「觀眾表現出幾乎是過量的尊重，有一點想像中的古風，讓人相信藝術仍然可以是一個獨立的價值維度。」

她再寫芝加哥的地鐵列車發出叮叮噹噹的聲音：「像是來自歷史深處的自信心，令人嫉妒。」

她寫亢奮：「有時看起來很像歡快，但讓旁人看起來十分悲慘。」

都是簡單的事，然而「灰冷玲瓏」，我重複地慢讀，有些時候知道裡面哪一些說話恐怕要招人討厭了，可是那樣沒計算地說出口又令人覺得憨。

封面的雪紙上，鋪開大片的綠松。

03

讀莫名其妙的清人筆記。一則講耿精忠有個既愛而憚、十分善妒的姬妾名袁氏。袁氏與耿精忠之子有私，某日，跑去捉耿子與府外男寵的姦，「王子大驚，肘行以逆之，叩頭求免」，男寵也跪在地上發抖，袁氏叱令抬起頭來，燭光下一看，「美甚」，袁氏就說：「你別怕，我又不會吃人。」（汝無恐，吾非噬人者），然後就三人一起回到府第3P了（竟與偕歸，亦留其亂）。後來袁氏死去，耿精忠發現她原來是一頭白猿妖。

另則講一軍官，出城打獵遇雷雨，避入附近教場演武廳。結果發現奇怪怎麼雷一直繞著廳的周圍打轉？抬頭一看，房樑上盤踞一隻琵琶大的蠍子，他想一定是老天欲滅此妖物，不如我也來射牠一箭！不料下一秒就昏過去了。迷糊間，聽到有幾人圍著他，說：

「ㄟ怎麼辦劈歪了。」（誤殛一人，奈何？）

「快看一下還有沒有救。」（速視之，尚可救否。）

「好像不行，整組壞了了。」（筋骨皆脫，似不可活）

後來有一人，上前摸摸他，又說：

「沒關係，可以用拼的。」（無害，可以鍋之。）

醒轉後軍官發現身上關節處都是同樣大小的疤痕。

04

烤箱室是全世界最無聊的地方，那臺電視永遠海枯石爛地播放新聞臺，也就是說，如果我在裡面烤到心臟病發，人間留給我的最後一句話可能會是：「喝完春酒嗡嗡嗡 柯P會張善政談空總」。

後來我就帶小說進去。三浦紫苑兩本短篇小說集都是這樣看完的，十分鐘剛好讀一篇，故事結束就起身，也不必惦記。又可以重讀。重讀的話十分鐘兩篇。

今天有這一段：「愛情會隨著對象的愛恨或毫無反應而增加或消失，但戀慕可以自己一個人要陷多深就陷多深。」（三浦紫苑〈火焰〉）

我常看見朋友遇到非理性戀慕甚至產生強烈妄想的癡粉，很多情況是女子（不一定是異女，也有女同志）迷上男同志；年輕時覺得很奇怪，這荷爾蒙根本牛頭不對馬嘴啊，到底怎麼搞的。直到現在才似乎有一點明白：一般而言、均值而言，在這個社會上對女人相對最沒有攻擊性與傷害性的，就是男同志了，而她們本能地嗅出這一點安全感，歪接了頻道，像沒有唱片的唱機拚命對空畫著戀歌的空心圓。或許也正是因為沒有得過親善的對待，才會將人與人這一點稀薄的井河無犯之意，視作琉璃為地金繩界道的天堂：畢竟同性對待同性，或許有了解，卻常常沒有慈悲（或者說，愈了解愈難以慈悲）；而異性戀男子是能夠如何地踩碎一顆無關的心，她恐怕也是比誰都有體會的。她仍期待有人拾。

05

《唐才子傳》裡寫了一段軼事。白居易以老嫗能解名世，但非常欣賞「瑰邁奇古、辭難事隱」的李商隱（好像不合理又好像很合理），喜歡到跟小他三十幾歲的李商隱說：「我死後若能投胎當你小孩就好了。」白居易過世幾年後，李商隱果然生了一個兒子，也真給起了一個名字叫「白老」，結果，這個兒子笨得要死（殊鄙鈍）。溫庭筠開玩笑說，如果是白居易投胎，也太辱沒了吧。

但我覺得這非常說得通，拜託，他當白居易的那輩子已經寫了三千首以上的詩了，你就不能放他傻吃悶睡這世人嗎？

契訶夫與他難說的愛情

愛情真難說。中文「難說」有好幾層意思，每一層各有緊迫逼人的剪裁，然而愛情穿起來件件稱身，都非常美，因為它自己比誰都逼人太甚。有時我們相信一些說辭，誤會愛情等於感情，誤會愛情等於愛，其實不是。愛情就只是愛情。

愛情不一定得以宏偉，愛情甚至經常極難保持任何一點乾淨。因此偶像劇的道理並不在主角多好看，而在這些多好看的主角能無限地捨己，精神潔癖，不合常理地賤斥各種階級與人間條件，且多麼羞怯又拙於使用契訶夫在小說集《關於愛情》首篇〈美人〉裡，所寫出的那種亦正亦邪的大能力：「您看著，會漸漸冒出一個願望，要對瑪莎說點什麼不同凡響、愉快、更真誠且優美的話，才配得上她本身的那股優美。」不同凡響、愉快、真誠、優美是它的「正」，「讓人特別想說出某種話語」是它的「邪」。

反派則必須算計，出盡百寶，至少必須計較。偏執。世俗。為己籌謀任何一秒都是破敗大惡。反派必須當一個人。

其實人類都比較接近反派。又其實我們也知道日常生活裡，漂亮鮮嫩成角色的男子女子，大多也還是更擅任拉斯維加斯的魔術明星。指縫間自動湧溢而出月亮般的銀幣，或銀幣般的月亮，隨手操縱一百枚擲上賭桌，不知多少枚都是他或她自己的頭像仰天向上。

§

偶像劇堆疊世俗的梯步，藉以無限趨近非世俗的純潔，幾乎是求神拜佛的意思，宗教似的半愚半真，但現實究竟有沒有偶像劇的愛情（或神蹟），我想有，不過往往只存在很短促的時機，有時甚至是天使也測量不及的一瞬。然後它就小了，然後就握滿了指印。作為傑出的小說家，這一層契訶夫當然非常懂。書中另篇作品〈在別墅〉：「帕維爾•伊凡內奇在自己的婚姻生活中整整八年內，對細膩的情感已經生疏了。」契訶夫模糊、輕略而不無幽默地寫著這種粗重狀態。事實上這整個故事，甚至

《關於愛情》整本書，從卷首青春懵懂的〈美人〉、〈看戲之後〉，到中段殺伐欲樂的〈泥淖〉、〈大瓦洛佳與小瓦洛佳〉、〈尼諾琪卡〉，再到後半段欲渡難渡的壓卷兩篇〈關於愛情〉、〈情繫低音大提琴〉（此處可見編者遴選次第的心思），都在描述這種狀態，但同時也顯現出契訶夫相信讓愛情震顫飛翔的絕細雪晶鱗翅（也就是偶像劇全力描繪輪廓的部分），並沒消失，也不損壞，只是「生疏」。其實還在。

但這「還在」一點都不幸福，這「還在」讓人受苦。滅了毀了，是個結局，從此做一個不信的人。「還在」卻讓人渴不得死，飢不得饜，死而不超生，入土不為安。你知道的，會鬧鬼都是因為「還在」。假使偶像劇或通俗愛情故事是網羅蝴蝶，做成標本，矛盾地以死亡來保留生命的證據取信於人；契訶夫則是螳螂捕蟬，黃雀在後，捕捉各種捕捉者的姿態，描述人如何被「還在」無端折磨，而一切「只要來一陣夠大的風掠過月臺，或下一場雨，讓脆弱的身軀驟然凋萎，這任性的美就會像花粉般散落而去」。

愛情不常等於愛，甚至不一定能夠等於感情。愛情就是愛情，它太難說。契訶夫寫：「不管是寫下的或說過的愛情，都是無解的，只是提出了問題，還是那種不可解的問題。因此就算有一個似乎符合某種情況的解釋，也不符合其他十種。」或許在他的理解中，人類企圖捕捉愛情的每個分鏡動作、在空氣中織造的每道軌跡才是愛情的真身；但又不是格言座右銘那樣粗野地說「只問過程，不問結果」，而是如〈情繫低音大提琴〉這故事給我的感覺：愛情原來不是琴盒裡裝著的「那樣東西」，根本是那座提琴盒本身，「一直到半夜，斯梅奇科夫還在幾條路上走來走去尋找提琴盒，但是到最後，他精疲力盡。」這似乎很虛無，但契訶夫的小說沒有「站高山看馬相踢」的氣質，反而體貼摩挲。這是他的境界。

《關於愛情》裡每篇小說真正展現的都非愛情，而是一個具有創造力的人，如何對其餘人類與各種生活堅定保持繾綣，保持憂傷的絨細感官。它們隔著兩百年俄國的凍土與海洋依舊降臨你我眼前：愛情可以古今中外都這麼醜，這麼惡，這麼愚笨這麼不堪，可是契訶夫仍無法不憐愛那些依舊愛著愛情的人。於是最後，小說家自己反而把自己浪漫地繞進去了，成為一個最「愛情」的、最「偶像劇」的主角……你看，愛情就是這麼難說的東西。

玻璃的蘆葦並不動搖

最近讀了一本叫做《玻璃蘆葦》的小說。以下將提到（相當粗略的）故事大綱與部分情節，不過，絕對不會爆雷。所以正拿著這本書翻到這一頁的讀者們，請不要擔心……雖然說要在不劇透的情況下談論它，其實也有一點為難。

難處在於《玻璃蘆葦》簡直像集線器一樣一抓一把都是各式各樣的戲劇設計與衝突橋段，（我想改編成電影會很好看），如果必須繞開情節埋伏與線索轉折，話頭實在寸步難行，在完全不影響閱讀樂趣的前提下，請容我點到為止的描畫：女主角幸田節子，嫁給了母親的前男友（這位先生是擁有一家愛情賓館的富爸爸），從一名小辦事員成為生活富餘的夫人，與婚前的上司（兼前男友）藕斷絲連，她不必工作，生活重心是參加太太們高雅的短歌寫作會，但為什麼集會裡某個蛇一樣的女同好總是欲言又止，時時窺伺？

故事即由幸田節子之死開始，當然，這是一部帶有強烈懸念的懸疑小說，必然很快就會出現災難。死亡。算計。暴力。殺意。謎團。家庭的矛攻與盾防。男女的怨糾與愛纏。

但正因為這些元素強烈的戲劇性、正因為這些「原物料」之張揚、通俗、同時又是大眾小說裡的家常景象，才正能彰顯櫻木紫乃一片異路風光。我很愛讀日本大眾小說（特別是女性作家），例如早一點的林真理子或向田邦子，近一點的桐野夏生、平安壽子，或者這兩年我相當喜歡的辻村深月，（現在再加上櫻木紫乃），但櫻木紫乃的口吻的確與眾各別，草率點或許可以說是簡潔，要細究才會發現那簡潔不只是冷酷，也不只是冷靜；若說是節制，又感覺這詞意的覆蓋率太低。

《玻璃蘆葦》故事本質是激烈的，左衝右突的，也成功處理了幾個有趣的題目，例如母與女之間原始的雌性的敵意、女性的同盟（母獅般的協力關係），甚至是小說中短歌會裡成員們彼此的苛論，都足以視為精彩的文藝短評。但她把一切說得如此淡，而每一句淡話背後都有布置，像在黑色長衣襟裡繡出暗花荼蘼，在眾人皆不措意的長廊轉角隱刻表記；她會將最重的事，安排在一個最輕便與最不起眼的位置，以最短的符號在最少的時間釋出，一擊即中，凡中即止，絕不沉溺，絕不渲染，絕對不在吐露衷情之後就彷彿喘了一口粗氣如釋重負、大張旗鼓地捉住讀者開始無盡傾吐怨憤或哀音。

這裡面有比冷靜、冷酷、節制與克己這些詞組更深邃一層的意志，叫做「不動搖」。

櫻木紫乃似乎也並不期待讀者在她的故事裡「動搖」。通常，在故事性極強的小說寫作裡，寫作者會難以抗拒「讓讀者心旌搖蕩」的操作誘惑，（或反過來說，讀者也往往樂於並追求這搖蕩），但櫻木紫乃反之。《玻璃蘆葦》情節本身非常引人入勝，即使一時看不出前述的細緻設計也不妨礙閱讀節奏，但過程中我格外強烈感受到在各種起伏曲折底下表面的「不動搖」，這不只停留在寫作的技巧與形式上，也凝結成這本小說核心的精神性：我們常見麻木漠然的角色，一意孤行的角色，在命運渦卷中打轉的角色，但就我而言，確實少見像小說主角幸田節子這樣一個要說有情也非常有情，要說無情也非常無情，但不管你用什麼角度端詳，她都沒有一刻猶豫，沒有一刻侷促不安、沒有一刻被誰說服與打動、沒有一刻費心與誰四目相對、甚至在全書中哭笑都不出聲音的狠角色。

所以雖然它被宣傳是「脫序的情欲」「愛與恨」「感官派」，其實，整本書「潔」的不得了，沒有任何一段堪稱露骨，如果抱著尋找情欲或刺激犯罪小說的心情來看肯定會失望。如果問我，我反而覺得它其實是成功地從一個通俗的故事設計、一些簡單的二元形象裡，開展出「人的生活可能是什麼樣子的？」這個問題。

櫻木紫乃的娘家就是在北海道經營愛情賓館生意的家族，她自己婚前則擔任過法院打字員，儘管我並不太喜歡作者論，可是在此實在難以抗拒（我真容易動搖啊）地要引入這個線索：實在沒有什麼比「經營愛情賓館」「法院打字員」這職業更「不動搖」、更適合拿來描述這本小說了，這兩種工作都是在實質上不需要、不可以介入那些愛恨事件的，這或許構成了櫻木紫乃自制、收斂、只在於極細微處刻畫，留給有心人指認的寫作風格：在那些被立起檔案的住房賬目與被法律判斷的生活中間，每個事實（或已知的事實）與梗概必然都無比精確，但事實的神經線路與梗概上的血肉也必然極不可測；所以當中也有真愛，但所謂的真愛其實非常黯淡軟弱；也有心狠手辣，但那心狠手辣包裹奶油香味；也有體溫，只是肌膚摩擦之際，感受竟冰冷如抵住北海道冬岸的礁石。

倒是另一個評點「怪物級傑作」可稱貼切。「怪物級」三個字，或許未必適用於這本小說的量體或寫作技巧（當然技巧是很不錯的），但我覺得更宜於描述幸田節子這角色：「濕原凜立玻璃蘆葦，空洞簌簌流沙去。」這是小說裡節子所做的和歌〈玻璃蘆葦〉，在此，我們必須回到早先的關鍵字「不動搖」，它與冷靜、冷酷、節制甚至是壓抑等等詞組，看似相近，本質其實完全悖反。後者一眾的背面都隱藏了一個必須出力抵擋的方向，一種必須讓人自持的力與慾；但「不動搖」恰恰相反——因為它不動搖，遂總是誘惑他人企圖調伏它，「不動搖」的本身，就是一種力與慾，就是怪物，而電影裡的英雄，不都要在經歷各種克己的修煉之後，終於打倒那個凜立的怪物嗎？

因此，玻璃的蘆葦雖然不曾被誰拂倒（其實，即使她想柔折，天性也做不到），最後終究要以出人意料（或不出人意料）的方式破碎了。一個「不動搖的女人」，總是榮踞世人眼中怪物排行榜的前幾名位置，這是她的宿命。

《玻璃蘆葦》之後，櫻木紫乃在臺灣的譯本陸續還有小說集《皇家賓館》與《冰平線》。我也推薦《冰平線》。她是北海道人，曾說自己「寫不出北海道以外的風土」，整個人彷彿血裡流的都是雪，筆尖流出來的一切也像雪。

等等，這個說法俗了，現在一般也沒誰拿筆寫稿子。改一改：她的鍵盤一顆一顆大概都是冰塊鑲的，指尖的血管，稍微熱一些，都要壞了事。

關於文學獎的一點回憶

前幾年金馬電影學院找了我作品去給學員練習改編，其中有個中國學員當時為了這作業偶爾會 e-mail 來問些我自己也沒想過的細節問題，心很細。後來學院課程結束，他回到中國，偶會寄他寫完的小說給我看，其實還不錯，纏繞而暴裂，我看到的大多是中篇，有些是長篇。

某次他在信裡談起中國各類各地相關刊物看上去多，但二十幾歲的學生，念電影的，沒有什麼師長朋友提攜，發表並不容易，他又寫得特別長，隨手三、五萬字，量體不討喜，投稿四處碰壁，沮喪至極，懷疑自己是否毫無才能，只是浪費時間。我說這我也不好說，畢竟這是你的人生，不論鼓勵或勸阻，彷彿都不對勁。不如去嘗試一些篇幅較長的文學獎項吧，總比你每天心眼往內把自己盯到絕境來得好，至少改改稿子什麼的，是件分散注意力的外務。他說他會試試。一日，忽又收到信來，說在 BENQ 華文世界電影小說得獎了。我覺得滿適合他的路數。

二十幾歲時我第一次參加的是時報文學獎，因為當時編輯告訴我即將出版的極短篇集字數不夠……必須再湊五千字，所以就寫了一篇預備放在書裡、相對較長的東西，大概三千多字。那時我應該大學剛畢業一兩年，但出書的因緣完全不是那年代的習慣，而是來自大學時代在網路認識的大朋友們，當時他們有許多也都還是三十出頭的青年呢，比現在的我還年輕，大概我們都覺得這各種混搭的交誼很新鮮，常常混在一起聊天，吃吃喝喝。後來其中一個年長好友說這篇補白的作品放著也是放著，距離出書還有段時間，恰好是時報的徵件期，規格符合，可以投去看看。我說我意志非常脆弱，萬一淘汰了，心情會很不好，需要一段時間復原，對方說這太沒出息。我想想真的是沒有出息，一賭氣就寄出去了，但那時運氣還不錯。

後來兩三年若工作空檔還能寫些什麼也會去試試，好好壞壞，大概都對年輕時的各種自我懷疑與心臟強度有些正面的測試與磨練：現在回頭看，我對人生的確屬於比較晚熟的類型，渾渾噩噩傻吃悶睡的時期比別人長，三十過後才真正弄清楚自己做得到什麼、做不到什麼、擅長什麼與不擅長什麼，但那段過程的確幫助我慢慢建立看法，算算前後大約五年，五年後有個自覺該停止參加，也就停了。

我這一代的人應該會同意文學獎對我們而言不太複雜，比較近於年少時眼前一團黑四處摸索時抽出的一個可能的線頭，或對於基礎文字技藝的一點確認。事實上跟我差不多時期得獎、年紀也差不多的人，大概沒有誰是（像一些舊想像中）就忽然身份地位不一樣了。當然它可以讓你的履歷看起來豐富些，收到獎金支票很開心跑去存起來。但也就是這樣。現實上大家還是實打實地工作、讀書、在搖擺不定的生活中且戰且走，當然也不會（像另一些舊想像中）成為「文壇」爭相搜求的對象，特別那幾年臺灣翻譯小說大熱，本土作者多半是淡淡地認命地寫著或者不寫著。

很久後我把積稿像掉在地上的芝麻一樣掃掃，勉強湊出《海邊的房間》，則是因為當時的主編是報社時代每天一起吃飯、買玩具、交換小零食的負能量小夥伴，我們對彼此有足夠信任與默契，也有一定程度了解，她在淡出鳥來的市況中出版沒賣相的東西很有勇氣。說起來我倒是真的一直出外靠朋友。

當然世間能量守恆，被照顧的人另一面也會被各種酸。總之，種種過程外界或許不明白，也沒什麼好說，但一起經歷過這十年的人應該都有些不足為外人道的會心。至於十年來的地景生態變換已有許多談論，在此不贅述。

我領受過文學獎這件事的善意，也曾因它數次挨過無妄飛來的公開羞辱與暗中攻擊的耳語。它有其美學與結構的盲點，我相信這也是很多人跟我一樣，在透過它驗證技術的過程中，稍微在手藝上有點把握後，會自覺或不自覺撤出那個場景的原因。只是收到那個中國孩子的信後，有點想起十年前的自己，沒有相關的養成背景，也非名門正派出身，但茫茫然中就被遙遠而偶然地拍了一下肩膀，像在一個統統都是陌生人的活動裡有人主動走來，跟你聊了兩句，稱讚你的鞋子或外套挺好看的，雖說很快他也就走掉了，但那五分鐘的對話足夠讓你在這活動裡再呆一下，再嘗試一下。長遠來看，得獎的遠期影響其實也不大，一切進展往往不來自於獎，而是個比別人想像中更慢、更長、更磨、更沉默而費力的過程；我終究走上它的原因一方面是多年來有些堅固的朋友持續扶持，一方面也是自己一生技能樹點得太偏鋒，活該轉不出去。總之好或壞都說不上來。這是我自己關於文學獎的一些回憶。

一點神祕

忽然意會到的事。在一個博物館裡古董珠寶的展示櫃前，扶在玻璃上我左手的H&M塑化戒指與手環，顯然更火光照耀，顏色更飽滿，形狀更漂亮。

然而這兩者在人類眼中的價值剛好相反。為什麼這更趨近完美的物質顯象，在人類的價值序列中，卻遠不如玻璃櫃裡那更小的、更渾濁的、更萎暗的、更不規則的。

或許我們會說那是因為時間與歷史的因素混入了，但顯然並非所有吸收過時間與歷史的物品都為人類所珍視。或許我們會說物以稀為貴而後者大量複製，但世界上有許多稀有的東西：即將死亡的語言。一個物種。一份情意。它們往往也被隨意忽略。或許我們會說因為一者恆久堅固一者易於損毀，但是河邊的礁石，豈不是也很恆久嗎……

後來我感覺讓人類珍視的關鍵往往是一種偶然與神祕性。一種人類自知窮盡解釋與探勘極限也無法揭露的神祕性。偶然與神祕性同時帶來一種逼迫感，把人推向著魔出神或發癲。但是那種逼迫感也是我們在經驗藝術品時得到的一種快感。想像一枚塑膠寶石的製造，原理原料比例製程都是裸露與可理解的必然的條條框框。然而一塊翡翠在礦山，科學雖然為我們解釋這大約經歷怎樣的壓力，混合如何的物質，然而究竟為何偏偏有著這樣那樣的成色，這樣那樣的結晶方式，我們不可盡解，也徹底沒有辦法去捕捉那時間中的偶然。為何那麼完美的養珠價值永遠不如天然珍珠？因為我們珍視偶然，敬畏偶然。偶然展示著人所搆不到的位置。

藝術，或者說得儉樸一些：人類的創作物，也富有這樣一種偶然與神祕性吧。人是不透明的容器，內中裝備無一相同而運作原理並不重複的機械裝置，各種環境與人情，各種的生命遭遇與生活性質，這麼地隨機倒入各種不同的容器，都是盲龜浮木的偶然。而創作者們則是這些容器中帶有破口的類型，它們傾倒出來各種各樣的結晶體，我們看了，有些就很喜愛。與其說是結晶體的樣子投我們的心意，不如說我們不斷地驚歎耽迷這神祕性的無限運作。這是為什麼我覺得，人工智慧往人類創作領域發展，關鍵從不是它寫得好不好或它寫的能有多好等問題。

沒有遠方的時代

我以為好的小說必然也必須有個核心，或可稱為一種「what if」意識。這個「what if」，放在大量採用經驗世界之真實的作品裡，會是一種再敘述、再發現與再詮釋（比方以新聞事件為藍本的作品，寫作者嘗試給出「現實定本」之外的說法。或找出被固著答案所掩蓋之幽深）；放在使用小量經驗世界之真實、大量變造與重建的作品裡，會是一種嘗試延伸各種經驗素材，並看看能否藉此抵達「不可見不可觸之遠方」的企圖。（一個通俗的例子如《魔戒》）。好的小說不會只是記錄、敘述與做出反應，同時我想這就是所謂「虛構」的意義核心：聽故事讀故事與說故事的人，全是共謀，他們一起透過故事中潛伏的「what if」之提問，試圖找出一條抵達存在之真實的路徑。（奇妙的是，在中文裡「虛構」與「假設」不也是對仗與單字頗可兌換的詞組嗎）

然後 Netflix 的《潘達斯奈基》，利用科技工具，把以上關於小說與故事的本質意義一網打盡。

《潘達斯奈基》提出的意見都不是新的，小至劇中劇、陰謀論、第四面牆的幽默、到「人類可能只是一個惡意上帝的休閒娛樂」「平行時空相互干擾、非線性的時間結構」「人生可能只是一串電腦編碼」以至於「人類到底有沒有自由意志」這種中世紀僧侶們每天煩惱的問題。但在傳統的文本形式裡，這些審問的視角非常有限。《潘達斯奈基》所做到的「what if」，說破了其實只是把視角的指針靈巧地不斷輕輕撥動而已，把「審問」調轉頭來變成「被審問」，而被審問的同時，當然你也不免忍不住抬頭看看自己舉頭三尺有沒有神經病。因此在《潘達斯奈基》中，觀眾既是寫著故事的創作者（以及遊戲設計者一如本劇主角／命運之神）；也是被創作物（遊戲角色／人類）；同時也是讀者（玩家／巫者）。創作者、創作物、以及創作者與創作物間的介點，三位一體的視角結合，講著好像很簡單，然而在適當的科技工具出現之前，沒有任何傳統敘事技藝（如電影、戲劇或小說）能完整傳遞這種體驗。即使電腦遊戲能做到也很有限。或說反而更有限。因為遊戲比看戲讀小說的自我投射更強烈：遊戲者的視角與立場幾乎與遊戲角色完全疊合，角色一般不被意識為「另一個被操縱的意志主體」，而是遊戲者在遊戲世界的分身。

抖音、爆料公社、全民直播、google街景車，經驗世界之真實，如今已鋪天蓋地到比無限更無限了。它給小說寫作者帶來的困窘，用一個粗淺的說法是：「真實已比小說更小說」，但這句話真正產生的問題，不在於你寫不寫得過真實事件，或者有沒有造出更新鮮稀奇的東西把真實比下去，而是，世界前所未有地與你裸裎相見，每天脫光在你面前走來走去，人類與經驗世界快速地老夫老妻（或老妻老妻，或老夫老夫），以至於你若想透過描繪與講述當下的時空，去建立那個「what if」意識，是前所未有的困難，因為實在太滿了，太擠了，太透了，「what」自己二十四小時源源不斷送上你的手機推播，哪裡有「if」呢。而今之世，小說很難「以當下處理當下」，當下也沒有什麼空間容納關於「what if」的慾望及其膨脹：因為此刻的困境其實是真實大到無法處理而無法處理到焦慮，懶人包實在不是懶而是有心無力、「代消化」做為知識經濟、各種科普與各種被科普……

課題是不斷安頓媒介到眼前的各種真實，及其隆隆而來的各種求解之需求（畢竟人類有史以來從未像這樣每日獲知如此大量的事件啊），想像碾如紙薄；同時，「what if」關乎內在與外在世界的遠方，但這又是一個沒有遠方的時代——人際如此擁擠，人的內在如此暴露。物理空間如此可見而易達。我每天看兼六園的live cam直播。而如果你能忍耐著看到這一句也是不容易。所以逐漸發現許多敏識的小說家出發到時間裡找遠方：回頭以歷史處理當下，或往後以科幻環境對當下做回應。通俗文化或許是更早意識並嘗試處理了這個「傳統說故事者」的危機，這幾年都有很出色的作品，比較暴力地描繪的話可以說是結合歷史與科幻元素（天啊「結合歷史與科幻元素」這幾個字寫下來乍看實在有夠爛），但事實都滿成功的，例如《怪奇物語》《一級玩家》，還有這個嚇死人的《潘達斯奈基》，他把時間設在八十年代不是沒有道理的。你可能會說不是啊這故事哪有科幻元素？鄉親啊，全世界每個使用者，在每個分歧點按下的那一鍵，都是這個故事的科幻啊。

我以語言為業，但是愈來愈不相信語言。語言最不可信之處正在於人類一向對其太過輕信，輕信標榜與口號，輕信白紙黑字，輕信振振有詞。語言有力量（有人描述為言靈），然而那力量不來自符號本身而來自人的信。這些稿子陸續形成的五、六年間，大多時候，前後左右天地人畜，我無言以對，無心說服別人，沒有力氣說明自己，積稿也不多。

我知道自己也有那個能力，將沿途所有的動機與做事，說出一種沉甸甸大道理，讓某一種要吃秤砣才能鐵了心的人覺得一切好值得好有重量。

偏不要。

我的心已經鐵，對秤砣沒興趣。

現在看起來，這些稿子之於我個人的意義與差異，大概只是從家裡有貓過度到家裡沒貓。人到一定年紀，活得太嫻熟，要在不重複自己的情況下持續吐露並不容易，或許此書之後，再也沒有寫散文的興致，但也不遺憾，最起碼書封上畫了大白貓，功德圓滿。

戲與戲與戲

01

有些人是這樣，他們每一句話，每個動作，都有機算，都有籌謀，都為了服務或促進某個不明說的目的。我不喜歡這樣的人，但技術上，他們好看。像電影有精準的劇本精確的運鏡精緻的演出，句不虛發，絕不浪費任何力氣在導演覺得不必要的位置。我猜這也是種人生如戲。

02

在網路找到大學時代看過的舊日劇《最重要的人》，當時香取慎吾還沒莫名變成蜥蜴，觀月亞里莎還是剛出爐的肉包，兩人多年來從未以演技見長……在這戲裡倒是如實演出戲外剛滿二十一、二歲的樣子。有天午夜他們從橫濱搭末班電車去到伊豆海邊，熬夜聊了很多青梅竹馬的事，鳥叫紛紛天空青紫時再趕首班車回去翹課或上班。鞋子裡都是沙。從前看這類橋段沒有什麼，現在第一個直覺是通宵不睡覺是要誰去死。第二個反應是有這麼多話講果然是二十幾歲的事。我們九〇年代電話要打到家裡房間放迷你音響的青春的確是這樣揮霍的。青春真像遊樂園的代幣，精算著用也是好，大手大腳地撒也是好，但後者總像更好一點，若當時沒有在恐怖屋咖啡杯摩天輪旋轉木馬雲霄飛車上拚命地花掉，熄燈之後走出來，兩個口袋墜得沉沉的，一步一聲叮鈴噹啷，腳步就永遠有點重量往下拉地踟躕了。

03

覺得《美國動物》會是很好的約會電影的我肯定是出了什麼問題。但兩個男主角是《聖鹿之死》的 Barry Keoghan 跟美國恐怖故事系列的 Evan Peters，這組合會出什麼問題呢。選樂很精巧。其中的真實人物比演員還帥還有星味，我很想說這是窮人版的《瞞天過海》，但不是，可能因為這個「又不是」導致 imdb 出現尷尬的 7.1 分，它的風格化程度可能不夠滿足非常追求風格化的觀眾，娛樂性也可能不夠滿足非常追求娛樂性的觀眾，但正是這樣才能成為完美的約會電影：好看，不太俗氣，而且看完大家還能維基一下這個荒唐的真實故事，得以將你們之間終將無話可說的時刻，再往後推一點。

04

逛豆瓣，見一人頗指點江山貌，說某電影之導演編劇等聰明太露等等。

我心想：可是，有聰明不露，難道要像你一樣露蠢嗎。

05

浪漫電影裡常見的：送一打盒裝繫上絲緞帶的長梗玫瑰。長梗玫瑰除了躺下，放在盒子裡，沒有任何更好的處理方式，如果不狠下心截短它，無論怎麼弄都會醜到沒朋友。或許盒裝的長梗玫瑰就是細緻地表達這個粗意思：「望您躺下，躺下更美。」當然「望您躺下」有時也不是什麼好話，所以《魔鬼終結者》史瓦辛格與《熱天午後》艾爾帕西諾都假裝自己脅下挾的是一盒要送人的長梗玫瑰，最後從裡面嘩拉一下掀出了來福槍或什麼的。槍是攻略者的浪漫，玫瑰是心的熱兵器，但這真是很西方的。換成日本人，雖說維新有成，各類影劇作品中至今依然有意無意地將槍枝作為背義與狡猾的象徵，那是一艘至今沒有開走的黑船。

06

「自我感覺良好」一路大概有兩途。之一是「處處覺得所有人都比自己差」，之二是「不覺得自己處處比別人差」。其實，後一類反而是頗可長久為友的。至於前一類還有個亞種：「處處覺得所有人都比自己差，又覺得這些比他差的所有人都過得比他好」，最後，渾身發毒，毒死身邊一圈人，直到毒死自己。

所以看《樂來樂愛你》（*La La Land*）時那句臺詞出現時就感覺這關係已經死路了（雖然故事到此只一半而已）：為巡迴表演爭吵時，女主角擔心男主角對世俗的妥協終將讓他不快樂，男主角反而對女主角說：「你是不是就想看我潦倒，好讓你有優越感呢？」我想都不是任何人生的高低錯步讓兩人岔開，是這句話註定的，無論男女有這一念出現，已代表既不能與此人共患難也不能與他同富貴。那究竟能如何走呢？

鏡頭給了艾瑪．史東一個漫長絕望的表情（話說她在戲中演一個「演技不怎麼樣」的女演員還真是演得不錯），那絕望不是傷感情而已，不是「你怎麼能講出這種話」而已，而是預見了一切的不可能。「我們愈來愈好，但再好也已不可能」，所以那顆鏡頭在時間上給得稍微有些超乎電影節奏的長。那是有意識的。跟這樣的人在一起你當咖啡館的店員也行不通，你當大明星也行不通。跟他並肩他暗想你是否將超越他，稍微往前他暗想你是不是不滿現狀輕視他。雖然男主角其實做了所有「這個角色應該做」的事（例如拖女朋友去試鏡），但是「應該做」和「真心想做」之間其實是有距離的，不一定是帖然無詞的。

所以，最後一段蒙太奇平行時空回放中，為了將那個爭吵點拿掉，其設計是讓男主角將黑人樂團舊識隨意打發而去。不過，其實也可以讓女主角跟著他巡迴吧，因為，順風順水的男主角，配上一個掛在他背包上的女主角，同樣不會出現彷彿在橡皮筋上留下隱形致命斷口的那句言語。但誰又活該在誰身後三步亦步亦趨？沒有那句話，他們或許能撐過劇中留白那五年。當然，恐怕也只是五年。

哥吉拉沒眼神

《正宗哥吉拉》有個特色是：哥吉拉沒眼神。之所以不說「雙眼無神」，因為這個形容具有生命感，而生命感就帶著交流的可能或脆弱縫隙的想像。但這版本的哥吉拉不是。他沒有眼神。或說眼睛中顯示著瞳孔散開的無生命跡象，若將其與過往的哥吉拉並置，差異更加明顯。過往的哥吉拉眼睛多半很有意志，很銳利，很集中，很獸也很真；但正宗哥吉拉的眼睛，說像玩具也可以，說像屍體也可以，如果單看臉部特寫竟覺得那有點假，太無機，有「特攝感」。

因為《正宗哥吉拉》做不到真嗎？開什麼玩笑，我才不相信。且正相反地在哥吉拉以第二形態初次登陸東京侵入蒲田那一幕時，我感覺自己吸一口氣往後貼緊椅背，意識到：這個「特攝感」正是它極為恐怖的來源（除了眼神還有第二形態幾近塑膠感的荒謬體色）。

過去特攝追求「逼真」，利用各式各樣的拍攝技巧催眠觀眾「這東西很真哦！」然而一旦技術愈逼愈真，現在回頭再看特攝，便只感覺一種樸拙心力的可愛，因此在《正宗哥吉拉》裡，庵野秀明對特攝時代的致意，恐怕是「逼假」：「要死了要死了特攝這東西不是假的嗎！可是這麼假的東西居然真的出現了嗎！」以假亂真很尋常，但當你早就習慣它是安全的假，一日竟然成真，那就非常可怕。特攝在感官與意義上的變化，在此得到整理與本質上的活用：不只召喚視覺刺激的細節，也疊合了我們投向特攝的、由昔至今的不同視線，不是平板照移的「致意」。尤其是當你發現只有哥吉拉富有特攝感，其餘人物城市一切場景，如此精細真實（看看那些年他們一起開的一萬場會議），並在哥吉拉場景以外大量使用紀實式的影像語言，就格外顯現出其中的噩夢氣氛——好像是，當所有人已經知道噩夢只是噩夢的時候，正醒過來躺在床上拍拍胸口說哎呀好險好險一切是做夢啊的時候，結果，往窗外一看，哥吉拉遠遠移動過來，鰓裂血水噴冒，身體布滿傷口，黏膜與皮膚露出赤紅色的破壞的筋肉。

電影裡的哥吉拉是只要有空氣與水就能運作的天地怪象，人類與其徹底難以交涉。朋友對我說：「庵野秀明就是這麼壞！這種無機的惡意！《新世紀福音戰士》裡有一種使徒連臉也沒有，就是個方塊，有一天，天上飛來一個方塊，就把大家殺掉了。」如果《正宗哥吉拉》的哥吉拉是逼真的巨獸，帶有生物氣質，就代表彼此具備揣摩基礎，那就是另一個好萊塢的《酷斯拉》或《環太平洋》，牠們都有理由，有理由就有罩門，有罩門我們就不彷徨，那也就不過另一部怪獸電影了。

成角兒的雞毛撣子

電視重播一九九一年的動畫《美女與野獸》，現在再看才感到主要配角的設定意味無窮。

這群主要配角原本是古堡裡的臣僕，因同受詛咒，變成各類家具與日用品。而他們的位階也具體表現在所變化的物件上。

日用物的階級取決粗用或細用（好比古典小說裡的粗使丫鬟、貼身丫鬟、以至從小就在一起的貼身丫鬟），當然最重要在於對物主是否具有精神上的附加價值。

位階最高的是小型座鐘。為什麼是小型座鐘而不是大的座鐘呢……當然可能是角色作畫與畫面設定的考量。不過，在腕錶普及之前，歐洲的確流行一種小型座鐘，是專為吃飽太閒沒事跑來跑去一下子避暑一下子打獵的上層貴族與皇室旅行攜帶所用的奢侈品。「任何時候都能輕易知道現在幾點」在很長一段時間裡是很大的特權。

次一等是金屬燭臺。可以注意到座鐘（錨定時間）與燭臺（光線與火源），在文明進程上一般都被認為有重大意義。再次一等是代表女管家（和僮僕）的瓷器茶壺以及小茶杯。瓷器這東西可攻可守，可以是來自古中國的嬌客，可以是普通中產生活裡的什物，也可以是人類對「工」與「藝」具體而微的追求。

以上這些主要配角都有對白（言說能力）。除此之外，一般的桌椅湯匙什用物等等則沒有對白。且從電影裡設定看起來不是沒對白而是根本不會說話。也沒有專屬自己的五官與臉（例如狗就變了腳凳）。

只有一個特例：「雞毛撣子」。若按照這卡通中以人化物、以物擬人的邏輯與判準，雞毛撣子應該不能上檯面、不會說話，也不會成為配角集團裡的一員。

但是，這個掃帚（雞毛撣子）因為年輕、妖嬌而且和燭臺有一腿，所以，她成了角色。

我真喜歡《七武士》

看完大螢幕數位版重現的黑澤明《大鏢客》和《七武士》。它們是需要一看再看的片子嗎？不一定，我在電腦和電視上放碟各已看過兩次，但坐進電影院才清楚體會，某些電影的確是為了照顧這種量體的螢幕而製作的，沒有彩色沒有特效，處處真劍勝負，例如《大鏢客》裡三船敏郎有一段瞳孔從昏散、進光、放大、醒覺、凝結，而後精光迸射的過程，重量控制到剛剛好。它若在小尺寸上看效果必然差一步（甚至許多步），但若讓鏡頭的筆觸再誇張，又要顯得油。

或例如《七武士》的雨中決戰場面，單論數字，來犯土匪不到四十人，農民反抗者亦僅數十，武士七名……這人數連富士康的一條流水線都填不滿是否。然而在大螢幕上不見支絀，從容飽滿，不遜今代各種豪猛戰爭場面。如果它是一場只玩技術的場面戲，以今日的觀眾的胃口恐怕只會覺得它「笨拙可愛」，不可能在六十年後依然震動於其意境之孤絕、精神之壯烈。

在影廳黑暗的屏擋中，明知放眼都是假事，仍難免被騙了一下真心。這就是電影。因此若是只長技術不長情懷的作品，大概也像只長個子而不長心眼的人，或許憨傻可愛，但也就是憨傻可愛。

倒是馬拉松連看五小時後，出來才想起，已不知有多久不曾完整五個小時過去只專心做一件事了。之前有人問我不工作時候都在幹嘛，細想一想才發現，若不工作或不玩遊戲，我還是會讀點書。有時不為內容，只是刻意轉速調慢，把精神的韁拉一拉。我又因討厭人群而儘量避免出門看電影，但漸漸覺得電影院其實和讀書一樣，現在最大效果已不是往外與世界連結，反而是往內對自己的克制平抑。不開手機不用筆電也不便時時跑廁所翻冰箱。也因此這次才想通為什麼《七武士》裡三船敏郎的角色被認為是主角，或者勝四郎與男裝農家女的戀情之所以懵懵懂懂，半推半就——不是因為他生嫩，而是因為他所戀慕者根本是劍客久藏吧。

《七武士》的明面寫哀憫。「農民的天分就是恐懼」、「就算土匪沒來，還是得餵飽武士」，農民「與平」客舍撿米一幕，不帶人臉與表情，但鏡頭前落地的每一粒白米都是拾不完的眼淚。也捨不得吞。白米是餽贈武士的資糧，他們自己吃糠。暗面寫的是時代與時機負人（落魄武士）在先，人尚且要為時代償債在後的嚴酷故事。化身成人當然有各種悲哀，但「生不逢時」這已經用舊的四字實在為最，一個人的天性與才長不被時代需要時，時代絕不可能開恩，如何努力，終歸徒勞。棄材的悲劇將徹底取消任何人力與反抗的意義。

片子最後，惡戰終休，農村依舊回到季節裡，行若無事地擊歌插秧——不插秧是不行的，否則沒有飯吃。因此，沒有什麼比農民更貼近、更宜於象徵「時」（時間、時機、時序）的角色，他們身上綁定的週而復始的節奏，亦是「時」的剛刻。而武士終要為他們所棄。電影最後一句臺詞很有名：「這場戰爭真正的贏家是農民，不是武士。」說起來，所有戰爭的贏家，都只會是時間與時機（以及被他們眷顧的一方），人的勝利最多只是勉力留下的一種意志的姿勢，像《七武士》終幕那四座土墳，與上面插著的刀。

所以我喜歡看同樣演員在不同片子裡的前世今生，他們在戲中的生永遠逢時。三船敏郎跟黑澤明的遇合終究是一期一會，他也只有在黑澤明的電影裡是「那個」三船敏郎（黑澤明力保三船進東寶的典故大家也都知道）；又如《大鏢客》的仲代達矢，與小林正樹《切腹》裡的仲代達矢，兩片上映時間只差一年，卻簡直不知是經過多少輪迴的後身。或者單說《大鏢客》與《七武士》的加東大介也好，在後者他端重而清和，在前者則又粗又濁真如豬一般。名為「亥之助」實在幽默得要死。現實生活中，加東大介的兒子（加藤晴之）後來娶了黑澤明的女兒，但生下長子後旋即離婚，加藤晴之曾是 Sony 的工業設計師，現在則是蕎麥麵職人……真是誰說人生不如戲誰才是傻子。

其實我更喜歡的是小林正樹。小林正樹的武士電影幾乎完成了我自己對一部電影的所有期待：敘事克制而精確，鏡頭訊息量飽滿，還有壓抑至近乎無情的觀點。無情不是缺乏情感（其實，無情也是一種情感），缺乏情感的作品不可能產生意義，小林正樹只是不把情感廣泛沉浸在故事的枝節與水面上無風起浪半空撩亂。他似乎天生對人類的各種處境胸有成竹，並不自驚自怪，並不控訴追問，黑澤明像火，小林正樹像一泓冰。

例如在《奪命劍》裡，藩主的側室阿知（司葉子飾），狠狠動手修理了新寵阿玉。

眾人遂風傳阿知悍妒潑辣，阿知被斥逐出府，遣嫁給一名武士之子。婚後，阿知溫柔恭敬，武士一家覺得奇怪，她才說起自己十九歲時本有婚約在身，遭五十幾歲的好色藩主以延嗣為由強娶入門。阿知內心非常屈辱，所以立志，既已如此，就趕緊生下兒子，並且愈多愈好，以免未來有更多年輕女子遭逢不幸。誰知她初見阿玉，發現對方神色躊躇滿志。「那不是嫉妒，而是憤怒，世上竟有以此為榮的女子！」片中說。

阿知天真不知世事（不管你生幾個兒子都跟男人想吃嫩妹不成正相關的），然而心志莊嚴。自己深惡痛絕、引以為恥的命運與身分，竟有女子為之沾沾自喜。阿知的心情恐怕比「憤怒」還複雜，混合了瞬間體會自己好傻好天真的難堪，以及發現自己委身忍辱的主意，在男人的權力與性慾之前只是扮家家的絕望。小林正樹對女性有驚人而慎重的洞察。

《切腹》情節無法在此細說，它與《奪命劍》，講的都是「絕無生理」之事，但《奪命劍》尚有一點情意喘息的空間，《切腹》

則處處孤絕慘烈，向死而死。儘管《切腹》一般被視為小林正樹對政治與傳統的批判，但在這個普遍服膺生命無價、絕不放棄、戲劇化逆轉等強迫症修辭的時代，現在重看《切腹》，反而深覺它聰明地調動歷史背景與文化符號，讓那些人間絕路，在通往無人聞問的終點之前，能在藝術上得到開解。

這是鬼面的佛心，修羅的神性；就像小林正樹從不正面地流露與催動觀者的慈悲心，卻是讓人忽然理解，「不慈悲」有時可以是多麼不可饒恕的事。

兩種恐怖

01

《聖鹿之死》跟《單身動物園》一樣，Yorgos Lanthimos 在他的劇本裡安裝一種亂以他語的奇巧設置，並以此表述某個清晰的價值取向。在《單身動物園》是假託近未來半科幻的愛情故事，講反烏托邦；在《聖鹿之死》是附身在玄奇驚悚與家庭劇場之上，講神惡論。《聖鹿之死》雖說片名來自希臘神話，但我覺得這也是亂以他語之一節，電影通篇都是基督教／天主教符號，母親親吻少年雙腳，女兒親吻父親的手，說到親吻父親的手，那場戲中她的發言完全是一段禱詞。雙腳痲痹，又能行走，布道大會中常見的神蹟表演，一如彼得醫治癱瘓；眼睛流血也是非常經典的宗教異象「聖像血淚」。在醫院的窗邊，女兒看見了少年，對他揮手，可是母親看不見，這是進入宗教信仰與外於宗教信仰的差別。

不過對我自己而言，最具意義的在於劇本的一個技術細節：它完全不解釋、不交代為何少年有如此的大能，他只是叫你信，「反正他就是可以」。完全複製了宗教往往如何地不解釋、不交代，只是叫你信，「反正祂就是神」。然而神是什麼呢？在故事裡，神是惡意的少年，懷抱原始粗暴的價值觀（一命還一命），人的命運只是在他的惡意上膛後，透過無稽的隨機（自由意志）擊發扳機（最後大家嚇到尿那場戲）之結果。

並且，在那之後，你依舊得忍受他不時推開門大搖大擺走近你，坐下來，在舒伯特的聖母悼歌當中，躊躇滿志地凝視你。似乎有些觀眾是抱持看恐怖片的心情去看，就失望了，但我個人實在是覺得，有神的恐怖片，比有鬼的恐怖片，還要恐怖的。

02

《逃出絕命鎮》中令人不愉快的情緒張力，很大一部分來自於白人家庭的「表演性」，當然謎底掀開後我們就知道那表演性從何而來，也能推測出（儘管電影沒有說）每一次的誘騙行動恐怕都一樣：從爸爸講歐巴馬是最好的總統，到女友弟弟晚餐桌上洩露的童年糗事，大概都是同一套演練嫻熟的舞臺與臺詞設計。問題來了：在人際關係中，「表演性」非常令人厭惡，但最終竟是得經過小說或電影這種「表演（動詞）表演性（名詞）的表演（名詞）」，藉由創作者的再敘述被短暫地指認出來，像是《七夜怪談》片尾真田廣之的鬼魂面覆白布，低頭伸手指向一個詭異的位置。

表演性帶來遮蔽。因為人是非常提防同類的，求生本能告訴我們同類的傷害性有多強，因此遮蔽將為被遮蔽者帶來極大的風險（所以，也有一種剛好相反的敘事是，很好的人表演得很壞，那時最終的揭露就會讓人感到溫馨以及鬆一口氣，解消我們對遮蔽的焦慮不安）。《逃》片從三個位置漸次推進關於「表演性」的陳述（同時以種族的政治操作推高其戲劇衝突），並隨著劇情展開將焦慮移動到第二個較深的位置：親密關係。片中女友的角色設定已清楚地主張：一旦我們在親密關係中表演，意義就接近背叛，甚至接近謀害。

不過在我們較熟悉的文化圈裡對於男女關係，傳統上，不太贊成無間，認為是狎近侮慢。甚至可說是鼓勵這種製造距離、維持美感的表演，而且這概念並不退流行：前陣子日本那支女人如何透過「聯誼連續技」的表演與計算以捕捉男子的冰品廣告就是很好的例子。在親密關係中表演是不祥之事嗎？《逃》認為是，我以前也認為是，是近年才忽有所覺，以遮蔽接待遮蔽，恐怕也是因深刻理解了「他人之不可能」，所產生的哀愁策略吧。中文有個說法是「夫妻互為敵體」，「敵」的意思雖是地位等齊，然而每見此詞，總感到共枕即戰爭、即壁壘的剛冷之感。

而「表演性」在故事裡製造的最終恐慌，在於男主角接近尾聲時的遭遇及其抵抗（也就是故事的梗）：被催眠，身體由他人的意志接管，身體之偶由他人操作，意識從敘事者退為不能發言的旁觀者。當男主角的物質身體「被表演」了，人與我的關係再度下潛到自我與自我的關係，從談論「表演性」，轉換為談論我們的「表演慾」，我們不喜歡別人對我們表演，可是，當我們自己被剝奪這權力時，卻既裸又脆弱。電影視覺將主角被催眠後的意識設計成無限往後推遠的荒蕪漂流之感，外界活動像個小小的只能看不能摸的電視螢幕。

既是自由意志的最終噩夢，也是這個主題的最終噩夢，大概也是這人人都能對任何事物處境說上一嘴的時代的噩夢：每個個體在大場景中，未必都有重要戲份，但在私人史中必然是主角，然而，連這樣的主角位置，都要被放逐，都變成戲臺邊緣邊緣處的小配角。（岔題：所以有些人會沉溺在私人史中的主角位置，一生無法接受大場景的故事未以他為中心展開，無法接受自己不得王子公主的待遇，並且，就此表演著悲劇角色，當然也就有人會誤以為「悲劇角色」便代表「悲劇」及其莊嚴）（再岔題：不過，被裝置在黑人身體的白人意志不會質變嗎？電影中不及處理此節，但其實這完全可以開展成另一個故事）。說到設定，其實這概念《換命法則》做過，但是《逃》相較之下在細處做了打磨與雕刻功夫，就發亮了，例如大畫廊主，想要的不是想當然耳的青春或體格或延長壽命，而是「想知道從一個有才華的攝影師眼睛看出去的世界是什麼樣子」，那種蛇咬入心的妒羨，剝奪慾，然而又浪漫詩意，也有這麼邪惡的無邪感。

後來我想，《逃出絕命鎮》大受歡迎，並不只是因為它執行與演員表現很好（的確是很好），也不是因為設定有點新奇（前面也說過這不是第一個），恐怕是投射了這時代的我們對「隨時準備要表演」「隨時準備看／被表演」等事無意識的疲倦與抗拒。這時空對各種戲劇化與角色設定的沉迷終不可回，故各種看似明照之事，一次一次在最終給我們仍是另一種雪盲。如果不時時發力抵抗（不拿沙發抓破出來的棉花塞耳朵），非常容易被繞進一個半推半就的人我腳本裡，最後自己都相信了。然而抵抗可真累真難啊。我想這時代的人際關係就是絕命鎮，不斷互相意圖覆寫或修改別人的腳本就是絕命鎮（例如，山難歸來的梁聖岳因未能表演出一個「電影中應該出現的倖存者／男友」，所招致的輿論後果）——我們愈來愈活在一個交換符號與象徵而不是交換身體訊息的世界，我們漸漸以表演來追究現實，以虛擬丈量現實。所以這故事真正恐怖的部分在哪呢？在它是電影，它的表演在殺青時就解除，而且主角最後逃掉了，然而我們逃不掉，而且只會一天比一天更逃不掉。

・　・近　人　情

後來怎麼了

一九九七年我安裝了人生第一部個人電腦與撥接網路，CRT顯示器上可看見瀏覽器IE 3.0，電子郵件軟體是Internet Mail and News 2.0（Outlook Express的前身）（你沒聽過Outlook Express）（……OK當我沒說）。

很奇怪，至今還記得這細節：電子信箱設定完成，我按下軟體界面的小鈕「Send and Recieve」（收發郵件）。然後又按一下。然後又按兩三下。雖然非常明白五分鐘前才成立的電郵不會有任何訊息進入。我等待什麼呢？沒有什麼好等，又像什麼都等得到，或許那時的確隱約預感了一個從未相識的時代要衝進來，將與它相殺相愛，切膚切齒，有時痠麻有時疼痛，電流啪茲啪茲。讓我們低著頭走路，讓我們獨自露出恍惚微笑。

而後來怎麼了？後來信箱地址大多廢立無常，直到十年前固定於輕便的gmail。

後來，每天必須開啟它，每天逃避開啟它。曾有很長時間醒來第一件事是啟動電腦上網，又變成檢查枕邊的手機，新的訊息新的推播帶來新的爆點激發新的意見導致新的掐架新的謊言產生新的發展收到新的訊息……後來我發現這無非日復一日。

日復一日的新就不是新，日復一日的追逐反而更接近滯留，此時再談網路生活，感覺就是老夫老妻。時間已進行到大多人醒著時刻已無可避免都在「線上」，幾年前我為了控制過度外溢的溝通管道，停止使用即時通訊軟體，不急的事寫 email，急一點在 facebook 上找人，更急打電話，其實夠用。我漸漸往後退。

何況全城熱話早就無關線上，已經重回路上，唯有鬢毛雖衰鄉音無改的同一群人，十年前在印刷紙上批駁青年人沉迷網路是務虛，頹廢，身心不健康；十年後倒算已知上網，不妨換到網路上繼續批駁青年人務虛，頹廢，身心不健康，至於青年人做了什麼一向並非重點。當然這也是個證據：連這些兒童相見不相識的人都已習慣，代表它的確是洗盡鉛華，家常了。好萊塢電影也無意識地記錄了大眾投向網路的視線軌跡，例如一九九五年《網路上身》，不算佳作，但呈現了關係之初的猜疑，小題大作，刺激妖媚，後來有了情甜意洽的《電子情書》，後來又有《駭客任務》、《全面啟動》，表面曲折華麗，但論人類意識與網路之間關係，更像肉體與震顫之情終於平淡的伴侶，多年後一起參禪打坐。

我們這輩人的人生到此，大概剛好被網路普及的時間點切成一半一半，醒醒地目睹了一整個創世紀，也醒醒地看見天上煙火飄覆成日常風土。我曾認為網路及其各種創造是史上最浩大的奇觀，我現在依舊這麼想，不過就像各種美麗的愛，在改變一切後又像是什麼也改變不了，曾富有許諾的童話終於還是成為閒話，也不是幻滅，就是樸素地覺得，喔，是這樣沒錯。關於後來的事，多半是這樣沒錯。

寶石的時刻

精靈寶可夢（Pokémon Go）在臺灣開放第一天我馬上就穿上短褲與步行鞋出門。在住家附近繞來繞去，有次一個轉彎，倏地出現蛋形翡翠戒面般的小公園，以前都不知道有它，幾乎懷疑是小說家剛剛一秒前才故意栽種在角色面前的一座惡作劇。

在眾多賢達坐冷氣房痛心疾首對寶可夢發作高談闊論之時，我如此一面掉汗，一面經歷各種這樣的寶石時刻。

臺北的巷子絲縷紛紛血路脈脈，於其間移動，常覺得自己是攜帶了什麼物質的小細胞，有了去修復去抵禦或去疏通氧氣的方向，心情都健康起來。因此我喜歡這些令人不憂慮的通道，是時代最後的現世安穩，空間的委婉修辭，又不莽撞，玉髓一樣地蘊藏。

何況寶可夢也經常出現在這裡而不是正言厲色大路朝天的位置。

過了幾日，我和一個朋友經過一條雖然名之為街，其實也頗隱祕的巷子。它長也不長，無非兩根菸的距離。短恐怕也不短，能透過兩根菸說明的事物其實還不少。

不過當天我們很疲倦，沒有人抽菸，沒有任何交談，我不知朋友是否因這沉默心生尷尬，但我的確覺得竟日言辭已經太累，語言術也比不上最普通的腳步。

在那個夜剛剛屏住呼吸漸漸要往深處下潛的時間，巷子不該空得只有兩個人經過，完全不知為何如此。兩旁人家同樣什麼聲響都沒有。或許也有，我只是沒聽到。

立秋過不多久，月亮的日期還沒滿，路燈的光線如銀繭抽絲，微小婉轉，行走其下我覺得自己頭髮都要白了。

一隻三色母貓如同場景設計般完美地站在圍牆緣上，見到人發出甜蜜而沒有希望的喵喵喊叫，一路隨我們高高低低地走，要伸手摸吧，也摸不到，不摸牠又亦步亦趨，哀怨緊急。朋友說：「我把牠弄下來。」我本想阻止，沒關係不必勉強，隨牠去，但也沒說出口。貓此時倒是終於覷空撲到地面上，在我腳邊軟倒，我順順牠的脊梁，如此一來更是如泣如訴地不得了。

朋友靜靜站在一旁。他非常年輕，寫的東西非常暴戾，像隨時有手伸出掐人窒息，但現實中神情光潔，是個沉靜的人。其實比較合乎世間禮俗的方式是我應該在這段時間好好和他聊聊他的作品，無關指導，連給予意見都談不上，就是聊聊，幫助身處某個關卡的人打開破口，讓一些製造不穩定的密閉液質稍微流出來。這是比較有年紀的人存活下來應有的代償。

但我也並未如此做。總覺得與其讓他日後不出意料地證明局外人說出來的道理都很廢，不如就無語到底。摸貓。

我站起身，貓戀戀不捨跟了一段，誰知見我們直趨巷口，居然果斷轉頭走掉。真是如夢初醒。

大馬路上車聲洶洶霓光撲面，我們也像那貓一樣忽然睜眼，抖抖皮毛，該買菸的去買菸，該回簡訊的回簡訊。簡訊回到一半我才想起：剛剛怎麼沒在巷子裡打開寶可夢遊戲呢？會不會錯過什麼好東西了。

不過，我從不認為，人的生活裡有什麼事不值得遺忘，不值得錯過。即使是玩寶可夢。就像寫作可以痛心疾首高談闊論，但它永遠不會是痛心疾首高談闊論的本身；就像事事若以弘大為念，反而適成其猥小。

關於未來，我沒有什麼希望誰必然記得的事，沒有什麼一定要提供的道理，但如果我能選擇，我願意記得小巷子與其光線，光線與其沉默，沉默與其步伐，步伐與其沒有說出口。它們的永恆性質正建立於符號未曾介入，當全世界都移動，它才能在那裡保持寶石的時刻，保持萬物有夢的時刻。所謂文學及其種種……其實真正存在於這裡吧，並不存在時間表說明書或者語言術本身，我們只能削尖了性質其實還是太粗重的文字，嘗試更精細地指出它的位置。遺忘不那麼壞，記得有時僵硬可怖，如果我一定要記得，我只願意記得這個巷子的寶石時刻。

中年只是不可能

其實我自己是中年人，就知道中年只是不可能。中年是日日都在救死扶傷，收拾善後，但救時明白救不了，扶也只能扶一秒。中年做任何決定都像在決定整個下半輩子（然後，每個決定都被業力糾纏）——即使只是午餐吃什麼。而沒有一個三十五歲的人還能心無罣礙地點烤肋排薯條與啤酒。沒有。

「你可能有一顆年輕的心啊」，但「年輕的心」始終是個假命題。修辭太容易，大家都拿話頭當真，你當然可以穿得入時，保養很好，你可以都知道他們在看什麼買什麼玩什麼聽什麼，懂他們的習慣懂行話也能聊，你們可以是同代人，但永遠不會是同一代人。因為成長時空太重要了，太決定性了，彼此完全是抽象或者工筆、鉛筆或者油彩的差異。不管自己覺得自己多年輕，最多也只是「自己年輕時的那種年輕」，最終還是舊的年輕。

故每每看到以「跟年輕人沒代溝」自況自豪者反而覺得坐立不安——哪個少年人會管什麼代溝不代溝的事呢，我甚至猜想他們根本不使用代溝這種詞彙了。但不要誤會那為他尷尬的感覺不是因年紀，而是，這活得多麼不自在呀。其實說到底年輕是什麼呢，年輕就是不在時間的序列裡，它無法想像老是什麼，也不明白幼稚。年輕目中無人，即使什麼都沒有都本能知道手上大把有籌碼，所以，當意識到「世上有一群人，是年輕人」的時候，並因「自己跟他們很接近」而自豪，那真是很不年輕的心情。但若有一個人，你看他對自己的老理直氣壯，反而覺得這真年輕。

又或者說有次我去某個大一班級課堂上做一個小談話，我說到所謂斜槓青年這件事，結果大家全部不知道那是什麼。那瞬間我就笑了，就知道所謂斜槓真是我們這群剛好在時代裡兩不著落的中年人，發明出來安撫中年危機的東西了。還自己說自己青年呢。

人類前途堪慮

01

兩點半過後房間窗外忽然有講話聲，（是啦真的是人，我伸頭出去確認過了），兩個老姊妹站在人行道上聊天，大概其中一個送另外一個叫計程車。到底講什麼有一點距離也聽不清楚，就是幾個音量提高的關鍵字如「憑什麼（後面聽不到）」「以前（後面聽不到）」「不過是會（後面還是聽不到）」「呿……（後面沒有句子）」偶爾往上飄，大概也不是什麼高高興興的事。

克服不了的酸怨與苦恨，覺得自己無論如何被虧欠了，即使過了年吃了糕都還是克服不了，人就是這點賤。她們也不是特別大聲，日常就是這樣，只是沒料到街道傳音效果這麼好，臺北的除夕夜又特別靜，因此樓上的人躺在被窩其實都聽見（還爬起來往下看了幾眼）。不過就算聽見，也是愛莫能助。人就是這點悲哀。

後來則是「碰」一下的鈍聲，這次是車（門）。

雖說安靜下來也好，畢竟都三點了，但遲遲弄不清楚她們恨些什麼或有什麼好恨又覺得扼腕。人就是這點無聊。

02

我們的眼睛不曾被設計來承擔如今這程度的勞動，腦部在短短數十年間也來不及進化到足以處理如今訊息嘩嘩灌入的流速與流量……其實，我們的情感與情緒，在今日質地黏稠如石油的社群生活，也是難以支應的吧。漫長歷史裡人類一直是身處不同的光譜與小圈圈裡的，這些小圈圈們往往扞格牴觸、格格不入，而圈圈與圈圈之間共享的少數節點成員，是極為緩慢無意識地製造著銜接與緩衝，或者互相融解的可能性。不過此刻環境，節點反而是促進各種圈圈全在一個空間裡幾近粗暴地快速攤平，疊合，最終彼此對彼此大多只能有各種擦撞與硬著陸，彼此身不由己地成為互相揉進眼角的一粒沙，撞上彼此的邪，可謂我見您老如見鬼，料您老見我亦如是。

最近，漸漸有人懷疑起這時代溝通的可能，我也懷疑，然而並不是什麼善惡的道理，單純是我們的情緒從未被訓練在這種黏膠之海中跋涉。這黏稠的人際膏態大概也解釋了當代的厭世動力學：每天張開眼睛，視野裡都是各種（過去的人類們通常看不到也不需要處理）的攀比或者不喜歡，也只好厭天厭地厭自己。至於飽脹吞不下還得繼續吞的結果，要不就是大費力氣地消化，要不就是撐傷了導致不斷地嘔吐。我想自直立行走以來恐怕也是沒有更可怕的人心修行場了。

03

所謂幸福是好東西但不是好東西，像所謂好人當然不是好人。因為幸福從不擇人而事，它們撿到籃子就是菜，它們去來沒有一點原則。後來我對「追求幸福人生」的想法感到保留，因為那近似於追求某種沒有格調的事情。（不要再說幸福掌握在自己手裡了，你我他都知道根本不是，你覺得掌握在手裡只是因為它現在沒要跑，不是你握得好）。想到幸福若也去世上某些人的家裡，也來造訪你，難道不會想蹲在蓮蓬頭底下熱水直沖四十八分鐘後全身猛噴酒精嗎？但當然我們通常是無法那麼有出息將它拒於門外……說到底人類是不可能平視幸福如友、或甚至拒絕與其為友的，而更接近佃農遠瞻領主，（所以貴人對隔壁老王的偏愛總是令人加倍地不理解與不愉快）。不總是有這樣的說法嗎？如何讓厭惡你的人齧指難眠，就是讓他看見你的幸福（其實只要表現幸福貌，也可以了）。幸福離不開恨。

或也接近小說裡仰人鼻息的窮苦人與陰陽怪氣的富親戚。「老劉老劉食量大如牛，吃個老母豬不抬頭」，人類全是劉姥姥，但做些寶黛釵的夢。再傲慢的人都不可能不去趨奉幸福，實在沒有比這概念更能提醒人類之低與小、人類之多少恨了。

04

恩不如仇的時候太多了。導致為善要非常小心。特別是在兩相懸殊的處境中，最好不要進入私人的一對一的關係，非常容易激起嫉恨怨懟，是水壩發電的原理：落差製造動能。人無法同時處理感謝與嫉恨怨懟兩種極端悖反的情緒，長期無法自我安置，可能會產生極端的作為，這是為什麼由無機的機構代表介入比較好，而介入是一種專業，不是「做愛心」。換另一面來說，有機會有能力拂人以惠澤者，或許也以「你記得也好，最好你忘掉」之姿光速走開較好，與其說這追求的是清高，不如說是持盈保泰。不過有時候，也有一種情境，略施小惠，即願對方一生念茲在茲，社會頒發好寶寶貼紙，如果不得此意，便心中生恨，反恩為仇……哎如果是這樣，不如一開始就把那些資源拿去買香蕉自己吃了算了吧。

05

對於在世者而言，死亡的傷害其實並不來自於逝者物理性的喪失。如果誰死去，只是大家彼此看不見，卻能常常驅動電波與你收發簡訊 email 什麼的溝通無礙，那就像是對方出國了或正在進行太空任務一樣嘛。的確還是遺憾，不便，傷感，難受的，然而不會讓人心碎。

死亡的悲慟核心在於訴說的永斷。精神與精神的連結狀態突兀地唰一下被撕開，情感與情感之間運送資糧的隧道崩塌。死亡的悲慟核心不是「一個活人就這樣沒有了」，而是很素樸的「什麼都不會再知道，什麼都不會再讓我知道」。溝通與溝通的可能性沒有了，對方的各種猜想揣測也從此發動不起來。

我們之間不能再更好了，我們之間也不能再更壞了。人與人之間任何希望形式的絕滅狀態。非常地黑。只不過，進化這麼久，我們對與同類相互連結這件事的執迷依舊不悟。也是覺得人類前途堪慮。

喜歡說明書

喜歡難定義。想起它不免也想起愛，以為是孿生，其實隔行如隔山。比方說，如果沒束手無策愛過一個很多時候你不喜歡的生物（例如：每天尿在你枕頭上的貓），那就不算愛；比方說，如果不曾體驗過喜歡卻無關於愛的瞬間天地寧靜，那也不算明白了喜歡。

愛像蒙眼的豪賭，大贏大輸，不必多說；喜歡像儲蓄，每一件小小的喜歡的事，都得以在生活的無以為繼之中，滾動成資糧。

所以不要再相信「喜歡是淺淺的愛」或者「愛是深深的喜歡」，說得好像喜歡只是次級品，入門款，都不知道喜歡當中的清淨多矜貴。喜歡是衣櫥裡一件永遠白的白襯衫，春夏秋冬，都在那裡。世界沒有永動機，但喜歡就是人類內心原始的永動機，好好保養的話，應該可以一直飛。

隨心組裝，不要參考別人的設計圖

你知道如何「第一次弄壞你的喜歡就上手」嗎？就是按照別人的設計圖，組裝你的喜歡。你每天醒來已經太忙了，接著還有更多人忙著教你怎麼忙：喜歡這樣的吃這樣的喝，才算對，喜歡那樣的穿那樣的生活，才算好；刷完一則新聞，馬上被推送「你應該會喜歡另一則」。

或者經常被恐嚇一個人應該要喜歡讀書，或者應該要買某本書，如果不喜歡就是文化界罪人出版業殺手；又或者你不喜歡某種音樂，某張專輯，就是不懂事。言而總之，處處小老師，各種高大上。

但其實拜託你放心。你沒那麼罪惡他們也沒那麼聖母。喜歡只是喜歡，喜歡沒有應該。對，你喜歡一部臉書上所有人都說爛的連續劇，那又怎麼樣；對，你不喜歡那部得獎電影，那又怎麼樣。你不喝紅酒你不懂咖啡，那又怎麼樣，肝指數過高錯了嗎。

當感覺到強硬，感覺到僵固的時候，你幾乎可以完全確定這態度本質上就與喜歡，與真正的品味，都無關。而跟恐懼，跟不自信，跟支配欲有關。

喜歡是我們最後的誠實，最後的本能，與最後的正直。例如喜歡一個人，當然是因為對方有些好，但如果只是因為那些好，那些聰明或那些慷慨，那些古怪或那些漂亮，那些羨慕嫉妒或那些人人稱賞，你是否應該即刻現在馬上，離開對方。喜歡不會是一種規格。但當然我們也不能說青睞於一無是處者才叫真……那亦只是成為另一種迷障。

所以喜歡說來普通，其實這麼難，比愛難，比厭惡難。它原本應該是不問其他的一種本因，如一粒麥子落入地裡，在人心裡卻經常是種功利條件結出的果；然而，若堅持指摘它只是這樣一枚毒樹的毒果，剝開來看，其中難免也有些說不明白的種籽梗在核心中。而執著於其純淨的人，在世上往往成為失望的人。憂煩的人。受苦的人。

因此有時也見到這樣的事，反正就屈服於那困難，直接把自己的喜歡賣出去，當做購買品味與認同保單，很像老鼠會，真想向他們徵虛榮稅。喜歡原是一種安裝在心臟時，能讓它跑起來飛起來，或者旋轉起來的裝置，因為世界上沒有一模一樣的心（即使雙胞胎也沒有吧），所以也不會有一模一樣的組裝方式，如果照本宣科，將別人的機器安裝在自己身體裡，難免堵住不該堵住的氣孔，不自在是小事，人可能會壞掉，那是大事。

重複操作，效果更佳

喜歡不需要學習，不過需要一些練習。某個年紀之後的衣櫃，打開來都像同一件白襯衫，仔細一看可能還真的都是同一件白襯衫。不要小看這單調，往往是許多練習的結果。最細微的剪裁差異之間有最富麗的斟酌。

每天同樣一家早餐店的蔬菜起司蛋，在同樣的便利商店取出一罐同樣的飲料。固定的牌子，常去的餐廳，反覆重讀了這本書，一再回頭了那部影集。重複未必是少於嘗試的結果，有時候重複是對自己的感官終於有把握，是直覺為你省下冤枉路，是弱水三千取一瓢。

喜歡經常有儀式性。小時候不都這樣子，一本童話故事集裡最喜歡某一則，或者搖錢樹，或者糖果屋，或者小黑三寶（老虎都變成奶油啦），或者桃太郎，有時候給小孩子講床邊故事的父母快要瘋掉，同一隻恐龍已經跟媽媽走失一百二十次了，同一個虎姑婆已經被油炸過兩百四十次了，我們在重複的造訪之中漸漸與自己團圓。「知道自己喜歡什麼」，陳述很平淡，然而充滿覺察。常常讓自己處於「正在喜歡中」的狀態，比較能喜歡自己，那麼，喜歡裡不免都有的小小雜質，一點點孢子，便不致繁衍出飢渴，酸化成嫉妒——否則掠奪的爪牙冒出來那一瞬間，就永遠失去了喜歡。

運轉時會產生電磁場

不喜歡就是不喜歡。厭惡氣味強烈，恨的能量大（有時候根本世界最大）。但不喜歡的狀態是種沒電。沒電是怎麼樣呢？跑不開，轉不動，沒聲音，吃不飽。推一步結果退兩步。沒電是燈點了也濛濛不亮，話講了也惘惘不明。

例如說誰不喜歡巴黎？很奇怪我就不喜歡，也知道確實很美很深邃，去了看了走過了，又去又看又走過，每個窗景都如電影與明信片裡撕下來，那樣地理想，可是做人好難，客觀的知道與主觀的想要中間遲遲無法有等號。做人真的好難。

過日子大多時候是不插電的，所有位移來自慣性擺盪，望前程留後路，外力從那一頭逼過來，從那一頭彈回去，軌道漸漸形成，久了身體也看不見，身體就是軌道本身，走成一條路的人，有時自己也將成為平坦。

這時有著一點喜歡的日子就像有電，有了起伏，看見一人一事一物，覺得世界上有這人這事這物很不錯，並不嘔心瀝血，或許只是一點好感覺。喜歡不是發電機，不過四號電池跟線圈就足夠製造電磁鐵，不小心掉下去的，還不想鬆開手的，讓它輕輕地吸引住，暫時不墜落。

兼具救生功能

許多時候厭世反而因為愛。厭世是對人間事物還有相信，甚至是一直相信，可是一次一次不出所料地被打臉，所以才厭倦了。與其說是厭憎世界，不如說是厭倦自己的學不會教訓與無能為力，厭倦自己愛了不值得愛的事。追根究底厭世也不那麼厭。

笑一笑，沒講話，才是終極厭。

若對世界很有愛，就常常收穫苦，然而喜歡不會，在生活隨時翻捲的海波浪之上，那一點喜歡成為救生圈，讓人在陷溺時，被托起來。

喜歡早上洗過臉後，把臉埋在毛巾中間很久。很久很久。

然後喜歡刷完牙後，舌頭沿著清潔的齒面舔一圈。

喜歡在百貨公司門口有個好人替你拉住門，你也替下一個人拉住門。

喜歡許多年之後知道，曾經的一念清涼確實有好結果。

喜歡風和日麗時行車，一路都是綠燈。

喜歡在很遠的距離不抱希望地往垃圾桶擲一個空罐，居然應聲而入（都準備走去撿起來了）。

明明都是一些可以有，也可以沒有的事情。但正是那些在時間寶貴工商社會裡沒有也不會死（甚至，沒有反而活得比較好）的細微蛛絲，最後垂墜而下救人一命。例如隨機的善意，例如偶然與巧合，例如在一個萬念俱黑的日子，家裡的小動物，偷偷摸摸，又傲又嬌，跑來睡在腿窩裡，待你們又醒來，太陽再次升起。

請善用擴音裝置

喜歡最好有一點聲音。你所拿到的組裝包裡必然同綑附帶外接擴音裝置，不過許多用戶選擇不安裝。這也是非常合理的。畢竟各種零件安裝的位置實在跟心臟太靠近了，心搏的速度被聽見也實在是太暴露了。

不過畢竟音量可以調整，喜歡吃什麼，喜歡怎樣的生活，喜歡被如何對待，如果心有好惡，合理地產生音量，合理地為人所知，是很有禮貌的事，反之，若期待別人在靜音情況下通靈預報你腦中的天氣，覺得那才叫心有靈犀，會不會有點太中二了呢。確實，適當地發出聲音，有時非常困難，然而那能夠讓你成為優雅的大人。所謂大人並非必然是自我背棄或者墮落的。

喜歡的聲音不一定要轟轟作響（雖然你若想要震耳欲聾程度，也沒什麼不可以），聽得見就好。聽得見是個非常巧妙的位置，例如，認為哪個人滿好，就讓對方知道自己某些部分是為人所欣賞的，不覺得這很有意思嗎？而那中間一定有個刻度，是對方輕鬆地聽見了，你也輕鬆地出聲了。

同時，那細心為喜歡斟酌音量，前後調整的動作，難道不是比喜歡更喜歡的一件事嗎？

行進路線偶爾偏執，無妨

早上，進入辦公室，坐下，拉抽屜，將每日的鉛筆取出，一支一支排列在案。

一支一支削，削得很尖很漂亮。

一支一支，再收起來。

每天晚上站在櫥櫃前，將燈光打開，一件一件擦拭玻璃與白瓷的器皿。

一件一件將器皿的角度轉正。

也有人樂趣是計算硬幣。

也有人樂趣是繞著圈圈奔跑。

有一段時間許多人的樂趣是著色畫。控制、沉浸與填充。

喜歡之中必然有偏執，必然有不能解釋。金庸的中短篇〈白馬嘯西風〉有這樣一句話，「那都是很好很好的，可是我偏不喜歡」。堂正的東西一向很好，可是稍微斜的或者稍微邪的，稍微暗示崩壞、危險、張力與傾瀉而下的才都是不可抗力。最能迷惑人的五官很少完美平衡，通常顯得哪兒說不上來的不穩定……人類的喜歡之中一向有著本能地作死。

喜歡經常是一條被偏執拉得東倒西歪的路，連發音都這樣，有時口齒不清地說「許慌你」，聽起來更是喜歡的最高級。那「慌」彷彿莫名地歪打正著了位置確實不在胸腔正中央的心，喜歡總是慌的，我懂，喜歡總是慌的。

生活之骰偶爾擲出這一面

01

繁簡轉換的粗糙有時不忍卒睹。例如「沈香亭北倚欄幹」（我不需要知道各位行事的方位）；「斜倚欄幹背鸚鵡」（這麼忙，耍雜技哪您）；「長倚欄幹看白鷗」（還在忙啊，可專心點嗎）。

有時也喜感且詩意，例如「理性麵」、「感性麵」、「道德麵」。

至於「干面」則大概完全是閒得發慌。（or so called food porn.）

02

具有電視的公共空間裡，某電影臺在廣告時間插播購物廣告，廣告中過氣連續劇女星力讚該產品之視覺美：「不漂亮的東西是不能進我家門的。」

路過電視底下的阿姨抬頭：「但明明最醜的就是妳。」

眾人以目光致最敬禮。阿姨御風而去。

03

最常聽 Zero 7 的那幾年我住在稍微趨近山的位置，道路上樓宇沿線漸垂，捷運攔腰圍來，無數小房間，一個小房間，天氣當然一向是均勻，也要張傘也要添衣也要抬手遮眼睛，然而很奇怪，時間究竟做了什麼，許多年後每次再聽，就覺得它都是雨。滿滿都是那幾年的雨，那幾年的夜，那幾年鐵青低溫的路燈，整條柏油路臉上總是覆蓋一整片碎如玻璃屑的水。當時也確實，是會讓水這樣柔曲滑溜的東西，都破碎如割。也還以為我都不記得了。

04

我一直沒接到詐騙電話。是沒接到，不是沒打給我。有陣子，我的手機會在凌晨三點多震動，或四點多震動（我不開聲音），「未顯示號碼」，不接。後來好幾次，變成凌晨五點多打來，這次顯示號碼了，不認識還是不接，google 查一查，接過這號碼的許多人說是詐騙，其中也有人說半夜接到時糊裡糊塗，判斷力下降，差一點就上當，然而最氣的其實是被吵醒。我睡得晚（也可說是早……），幾點打來都無所謂，但就覺得這做法，怎麼說呢，最委婉的評價，也是犯賤，於是在網路上精挑細選了一則極為邪門的聲音片段，存檔起來，那可不是恐怖電影的罐頭配音，而是秋墳鬼唱詩，天陰聲啾啾，若在逢魔時間對著話筒播放簡直美得人不敢看。

誰知道，自此一發心，就不打來了。

05

講起小孩子都有的陽奉陰違之事。我弟小時候放學，午後偷跑出門，看大孩子打電動遊戲機，這是我媽所不允許的，因此，傍晚回家的路上給車撞了，爬起來看看沒事就趕緊上樓（我媽快回來了，被我媽發現偷跑出門大概是比被車撞的致命率更高），也不敢講。到了晚上，撞了他的那個三十幾歲的年輕人來按電鈴（當時應該是問了地址電話），問我弟回家後沒什麼事吧，我媽才知道，第二天趕緊帶去醫院檢查，倒是沒有大礙。若說人的後福，並非被車撞了沒事，而是年輕人日後真應得到很好的福氣。

06

某日下班回家上計程車。「你好麻煩請到某某路。」

女司機聽如此說，就哈哈大笑，拍方向盤。「哎呀你太棒了！」

「我啊，」她繼續講，「我啊，剛剛想說今天載最後一個客人就早點回家，結果載到你，你上車之前我還在想，糟糕，萬一這個客人跑很遠怎麼辦，結果你竟然要去某某路。這麼巧！我家也在某某路！——ㄟ抱歉我接個電話——（喂妹妹，剛剛你電話怎麼沒有接？喔，在洗澡喔。沒有啦本來是要跟你說媽媽再跑一趟就回家，結果你知道嗎！我剛剛載到一個小姐，她也要去某某路！所以馬上就到家了喔……嗯，嗯，好那先這樣，掰掰）——小姐你說你是不是太棒了！」

「我真是太棒了！」我說。

生活之骰偶爾也擲出這一面。

蛋與牆

覺得自己是雞蛋的時候

把「母難日」看成「母雞日」。

覺得自己是高牆的時候

被貓撞到腳。

不是蛋也不是牆的時候

很介意家裡沒有雞蛋，每說要去購買時母上大人就勸阻並表示她訂購的放山雞蛋就要來了，就要來了，禮拜三就要來了，禮拜六就要來了，下禮拜一就要來了。但一直沒來，終於有一天我哭喊已經兩個禮拜沒有吃雞蛋，於是善心人士到我家時，就可憐我而買了雞蛋來，黃母見狀：「我早上也買了一盒蛋！畢竟蛋不知道什麼時候來啊。」好的，這樣我有二十顆蛋可以吃。

而正如各位所預期的：就在次日，那一箱三十顆放山雞蛋，便來到了。於是我的冰箱總共有五十顆蛋。有時候，在雞蛋與高牆之間，我選擇自己去撞牆。

跟別人有什麼關係呢

想了一下，我二十六歲的時候在做什麼呢，當時好像還真有點二二六六的。那一年我跟幾個臺大的學生分租一層公寓住著，好像有一段輕描淡寫的戀愛，也工作（薪水不高），也考慮出國念碩士（所以儘量存錢），看起來不特別糟或特別好。不特別糟的原因是養得起自己，不特別好的原因是對如何安頓自己這件事毫無頭緒。

什麼都想做卻什麼都沒做。我一直沒有念那個碩士，事實上二十到二十八歲這幾年我根本沒有出過一趟國，消費也是低限（但那時候就很喜歡坐計程車啦）。這並非控制的結果因為我的自制力其實非常差，就是茫然而已，除了活著活下去之外一切茫然，連欲望都是茫然。那茫然本身更是一種困局。

所以這是為什麼十年後我會覺得任何一個人，在二十六歲的時候，若有一件無傷大雅、不危害任何人但他個人極度渴望的事。他期待。他去做。他完成。在那年紀就夠了。

即使外人看起來膚淺平板也沒關係。即使他傲慢愚痴也沒關係。即使當事人在事後幻滅（或自我感覺益發良好）也都沒有關係。

而世界是這樣的；世上永遠有些你認為勝過你的人，有些你認為不如你的人；永遠有些他認為他勝過你的人，有些他認為他不如你的人。往往不可避免在這裡頭糾纏。我也並沒有看得那麼開，就只能常常警醒自己這糾纏是十分的沒有意思。以前國中模擬考流行一個做法：鎖定這次考試成績相近、但排名在你前面一點的同學作為下次考試的假想敵。我一直感覺這太不合邏輯：我的退轉或進境跟別人到底有什麼關係呢？

每日一早一晚、睜眼閉眼之間，要羨慕是羨慕不完的，要妒恨是妒恨不完的，要不甘是不甘不完的（即使我們讀文科已經很習慣被輕賤了），即使你已經是人生勝利組，永遠都有一個人看起來比你美滿。你看英國王子都禿頭了。然而這所有他人的高傲或謙卑、勝利或失敗、炫耀或幸運，到底與我自己的退轉或進境又有什麼關係呢？

如果他做的事情根本沒有傷害誰或根本與我無關。而如果我花一個小時在一個沒傷害我也跟我無關的人身上，很顯然我就少了一小時睡覺、看書、玩貓、洗澡洗頭、看電視、談話與吃水果。

朋友說他認識一位高富帥，感覺人類好慘啊，有些人一生下來就空降在勝利組，甚至更可惡全家都是勝利組。當然他有一點開玩笑。不過，怎麼說呢，我還是覺得：如果人到中年也在茫然中學到一些事，其中之一，或許包括這個：先天條件真是不公平，不公平到簡直是造物惡意使弄人，但它不能決定尊嚴，而尊嚴是最深重的修行。

熊的故事與雞的故事

熊的故事

聽了一個熊的故事。

二戰時，祖父曾隸屬美軍合作布建的駐印戰車營。駐印期間，他在印緬邊界山中拾獲孤兒小熊一頭，帶在身邊飼養，熊養大後，相當乖巧，據說祖父駕駛吉普車巡防時，熊常坐在後座隨行。

後來，部隊同袍為想吃熊掌，將熊毒死。

祖父非常氣憤，阻止眾人割取。最後，獨自開車將熊的屍體載往附近山中，默默埋葬了。

雞的故事

親戚某，居中國南方，經商。某年某員工從老家回工廠，拎一隻雞來，說家裡養的，跑地，好吃，送老闆。雞是活的，親戚不敢殺，帶回家，養在後院。後院大，雞自由自在。一日發現引來黃鼠狼，夜夜在草叢外窺伺，只好每天晚上將雞抱進家裡。冬天下雪太冷時，白天也得把雞抱進家裡。三四年後，雞壽終，孫兒們大哭一場。

長輩某，居汐止，小樓有院。為了新鮮雞蛋，養六隻母雞。老鷹覬覦，某日，抓走兩隻。另外四隻觳觫，遂不下蛋，日日飛到樹上睡覺。越數日，走失兩隻，餘下兩隻送給鄰居，從此無雞。

另一長輩得知，說，當時怎麼不把雞給我，我拿去養在桃園工廠，話說完，又越數日，走失的兩隻好像有耳報神，竟然回來了。便裝籠從汐止送去桃園。此後，不僅日日下蛋，又獲飼主覓兩隻公雞為伴，現在，小雞生了一堆。

· 須彌芥子

如果至今我們還不明白大與小並非兩立相對的概念，或不明白「怎麼說」比「說什麼」更接近敘事者的真心……我是說，這時代大家還缺修辭動情又漂亮的大題材嗎？有了google還缺什麼更悲壯雄偉的新礦坑嗎？每一天都可以掘出更痛更苦的寶石鑲嵌在你的牙齒上。問題在於，為了什麼？又關心誰？有些時候那言語偉岸者誰也不關心，他最關心是別人可曾覺得他了不起，最關心的是在你眼中他是不是很大。這樣的人，比誰都小，研究微生物的學問並不比研究宇宙太空的學問更不值，對於全物種，對於地球與宇宙，人類任何的自以為雄大格局，都顯得那麼可憐。唯有生活中每個微小的降伏心魔的瞬間，有光芒萬丈。執迷膨脹，追捧挺硬，大概陽萎恐懼症。

在這最後的段落，一般被認為需要壓軸的位置，我放小事。以此祝福大家，納須彌於芥子，見芥子知須彌，一生不患陽痿恐懼症。

小小的大事

若留心觀察 facebook 上使用者的活動，會發現世界睡得愈來愈晚。十一點還早，十二點正好，凌晨一點鑼鼓未歇，全城熬夜，想想似乎是不吉之兆，彷彿來日大難，痛惜最後一點安閒，蜂窩中巧取一滴蜜，今日相樂，皆當喜歡。

但真相恐怕只是大家工時愈拖愈長、就只是這種樸素到掉漆的原因而已。

從前七點趕公車並不算早，現在十點買豆漿也不嫌晚，有天早上九點多出門，日矇矓眼矇矓，計程車停在紅燈口，惺惺忪忪看見旁邊水泥舊公寓二樓窗口招張著一幅黑白條紋旗。又不飄動。第二眼才發現是一對二十出頭模樣的男女蹲在窗框上抽菸，著一式一樣的條紋上衣，看起來是棉質家居服，因為並排的緣故，兩人身上的圖樣居然接駁起來。

我想這九成是一對同居的情侶，剛畢業（或剛出社會？），剛睡醒（或剛要睡？），在市中心租了一間靠大馬路的套房或雅房（或只是其中一人的住處），租金不算便宜，環境與屋況也不太好，但是很方便。因為房間太小或者其他室友討厭菸味，想抽菸最簡單方便就是開窗，如此幾乎半身懸在外頭，又格外宜於透氣。

他們沒有交談，眼光散淡，漠漠吐出白煙。

但這其實有點嚇人，因為那就只是空蕩蕩十三不靠的窗框，沒有鐵窗與花臺幫忙遮擋，一個重心不穩絕對落樓。所幸兩個人長寬高剛剛好，都清瘦窄（如果是我旁邊只能填入幼兒），挨挨蹭蹭，你撐我左我撐你右，恰好不費力卡住彼此。當然要是其中一人栽倒，也非常可能直覺回手拉住另一人衣角也一起被扯下去。

二十幾歲的身與心常常真是一座窗就輕輕框住了；二十幾歲的墜落，高度似乎也差不多就是二樓，當然十分疼痛，卻還有一線生機。不過當我想到該拿手機拍下這一幕時，路口即刻變燈。正是趕路時刻，車子急急往前開走。

二十幾歲也是這樣，一個發呆，就過去了。

那一整天我就在外頭瞎打轉，傍晚又去另外地方，又遇紅燈，車子這次停在市立高中門口人行道公車站牌旁，颱風還在海上但已經把夕陽撞紫了，下課時間的學生各個臉色也不太光亮，零零落落站在那裡好像被誰一把甩散在人行道。但那一個男孩與兩個女孩等距圍站的組合很顯眼。

不對，其實客觀來說他們分開來看並不顯眼，因為都還七角八棱的沒長出樣子，像蟬蛻脫到一半有點尷尬，當然絕不醜，但也不是好看到眼亮，他們對話的樣子實在有趣：兩個女孩同樣頭髮長長蓋到下巴，同樣直直盯住男生的眼睛，她們很顯然在持續地七嘴八舌地問問題（絕對不是數學或物理考卷的問題），看她們的表情這問題並不嚴重，有點無關，但那無關背後必然扣住了一種緊要（例如：「那你覺得巨蟹座怎麼樣？」）所以兩個人眼睛裡什麼都有，繾綣不捨？一點點。試探？一點點。恍惚？一點點？小心翼翼？一點點。都一點點。

隔著車窗當然聽不見他們說什麼，即使搖下來聲音也會被整條街蓋臺，但我不必聽。少女的眼神我懂得可多了。

男孩子白淨，臉型方圓，鼻子很挺，掛眼鏡，是聰明相，說不定很快的一年兩年就變得清俊了。個子不高，不過兩個女孩對他講話時還是要微微仰著脖子。他臉上很淡，也沒有不耐煩，但也不專注，帶一點點，一點點不是笑意就是漫不經心沒焦距的放鬆，我很少看到同年齡的少年少女在一起時男孩子不帶一點緊繃感的。

他眼睛一直望著遠方，本來以為他在注意公車來了沒，直到計程車往前開動，我才忽然意識：他看的根本是反方向……各種意義的反方向。這時我倒沒有想到拍照了，或許因為這不是視覺上的奇觀，拍下來並不具效果，這人與人之間流動的纖細的一瞬，動態或靜態的影像都難以支撐，這是文字的勝場。

那天我工作到很晚，夜間十一點多才在外面與人吃完飯非常疲倦地回到家，味精太多，口燥舌乾，我決定去巷口便利商店買一罐包裝茶，門口的涼椅上坐了兩個弟仔，身量很單薄，上衣制服白襯衫，底下便服牛仔褲，牛仔褲緊得不得了，講話聲音幾乎是剛變聲不久還會分岔似的：「……是我女朋友自己說要分手的啊，分手是她提的啊……結果分手之後那天又跑來罵我為什麼沒有很難過，為什麼好像什麼事都沒發生那樣，我想說啊不然咧……」也是一人夾一根菸，看我走進店裡又連忙熄掉跟進來。我很快拿了冰的烏龍茶結帳，只見說話的那個匆忙披上便利商店的制服走進櫃臺，另一個想必是朋友來探班，就歪在收銀機旁滑手機，我本來覺得這真是家隨隨便便的店啊，轉念又想，「啊不然咧？」

何況這個弟仔……他並不是說「我前女友」，他還是說「我女朋友」的。自己都沒發現。

睡前一次想起了一天裡這三件小事，本來應該過眼就忘，卻不知道心的哪個機構把它們塞在同一個資料夾丟到腦的辦公桌上，我檢查一下，忽然就理解了，沒有撂下的原因是在那三個瞬間我心裡其實都在說同樣一句話：「哈囉，我想你們日後有九成可能忘記這支菸、這一個夏天的放學、以及這段打工空檔逞強的對話。但你們知道自己正在經歷著一件最大的大事嗎？你們一定想不到吧，你們絕對想不到的。」

就像已經被世界折舊成這樣的我們，還是衰衰的小朋友的時候，也不會懂，那真是件大事啊，青春。大到你隨手丟棄了一片小日常都足夠蓋住別人頭上的一整天。但與其說「懂得的時候就老了」，不如說青春之所以能成就壓倒性的量體，正在於那「不懂得」吧。我躺在床上，一邊亂七八糟地想著這些，一邊感到很難入睡。胃太不舒服。

「唉，除了我說的大事，還有一件小事，」雖然誰也聽不見，我還是又在心裡加了一句：「請盡情地在晚上十點之後揪團吃吃到飽吧……」

接著，爬起來喝一杯沖泡酵素。沒有什麼用。

小敘事

也常試著自我分析為什麼喜歡這些袖珍玩具，卻都似是而非。從前猜想大概是人類本能試擬天神浴銀河而小天下的視角，後來又覺得微有出入，因為神或自然的眼光，恐怕從非這樣安靜不傷害。

為什麼將人間事縮小了，就叫人津津有味呢？這點我確實一直想不透。掌心中的水果籃，指尖上的寶綠切子杯，僅是這樣描述，就瑰麗不安。小餐桌上有三盒直徑如豆透明的小罐子，裡面的餅乾一枚一枚能取出來分發在碟子裡。或許在那當中，許多其他的事，也讓人誤以為等比例地縮小了，沉思是小蛋糕，傷心是一滴茶，時態安詳睡在它的完成式裡。

或許也因為很少有什麼能像袖珍玩具這樣，小蚤一躍越過符號及其媒介物的頭頂，簡潔地完成了個體於變形中不變形的再現欲望。我常常發現自己擺設它們的方式是很微妙的，其中有些清楚地基於生活的未遂，例如許多的貓，更多時候下意識竟搬來了現實的鋼筋，例如把筆電擺在沙發上，冰箱裡蔬菜歸在第三層……那些是我也非我的細節，游移內外意志夾層間的敘事術，幾乎是文學性的。

我買的這些仍屬日本 Rement 公司大量生產的工業品，其實手工製作袖珍屋是很有門檻的燒眼專業，許多意義上都是富裕到各種外溢的表現，動畫《借物少女艾莉緹》裡就有這樣一座人類給小人族的贈禮：壁內走電，燈能日夜開關，小爐子起星星之火，玫瑰枝般的樓梯扶手恐怕都是桃花心木，但電影裡的小人族們彼此告誡要遠離它。同樣，若做到了這種程度，我也會失去興趣，或許那太寫實了，牆面與家具間失去氤氳與靉靆，顯得像某種膠著於現實上的宏大敘事觀：它出於善意，固然沒錯，卻仍然事屬勸誘。而在艾莉緹的故事中，落入勸誘的結果，是終要流離失家。

活得像一片口香糖

這是不解煩渴也不止飢的東西，不冷不熱又不天然，無所謂滋味，自作自受一點津液，連街路的小食也算不上。事前知道它始終是空虛，事後唾吐無所置用的渣滓，不足稱為小物。非食非物，沒有什麼人，也沒有什麼時間與場合，必須對這件事認真，永遠不必認真，像忽然被鬼神夾入睡眠資料中一層墊檔的夢。口香糖就是這樣比小更小比瑣碎更瑣碎的事，小道中的小道。

偏偏就想講這樣的事。雖然女性談細瑣又質地偏於軟的題目，格外容易被雙倍地嗤之以鼻；雖然身屬一個把強鄰黑影當被子蓋的國度，還嫌小確幸小確幸地被譏嘲得不夠嗎，自己都感受頹唐。

然而一切也正是為了它的不當一回事，為了它命中註定面對威勢的犬齒咀嚼，為了它本質裡一種大費周章的涼甜虛空，為了它有種很小很拮据的柔軟與延展；為了它在可觀的產值中（臺灣這樣彈丸之地，每年十幾二十億臺幣地吃著，北美及至數十億美金），包含一種極端的意義上的廢。

種種種種，常覺得自己活得像一片口香糖：例如說，就算一覺醒後，再沒有這東西，都完全不影響世界演奏他的進行曲吧，《不可能的任務》裡的口香糖炸彈就換做一副隱形眼鏡，八十年代臺灣橫空出世的意識形態司迪麥廣告改成銷售衛生紙也並不違和。個體的命運就是這樣的事。

§

像口腔肌肉的拋棄式跑步機似的，口香糖也跟健身房一樣徹底表現當代生活閒置與棄置的一面。它的各種豐富都不為提供生存熱量而存在，不為味覺的細緻審美而存在，不具備菸草或檳榔的刺激性，它最接近加法的兩個效果都來自於減法的抵消：抵消不宜的體味，以及存在的無聊。特別在於無聊。有陣子我常嚼口香糖，完全是為了找件廢事做著，咬牙切齒地對付時間，把白茫茫的分秒嚼出空蕩蕩的甜；戲劇也常利用這啪嘰啪嘰做無用功的小細節演繹某類活得輕慢的角色。那是出於無奈的輕慢。挪威哲學家 Lars Svendsen 說無聊是現代人與現代性的「特權」，十八、十九世紀之前，如果不是僧侶或貴族，如果不具備相當的物質與階級基礎，想體驗生存的無聊感都還沒有你的份。所以人類嚼食藥用樹膠的歷史固然久，但二十世紀開始化工大量生產的口香糖，才完全是這時代眾多世人（當然包括我）「吃飽閒著」濃縮的形象代表。

但據說過去五年，美日等地的口香糖銷量忽如懸崖落馬，一山還有一山低。是大家忽然精神健醒了嗎？忽然就唇齒芬芳了嗎？好像也沒有。新聞報導將其歸納為某種奇異的第一世界現象，「在崛起中國家如中國與巴西，銷量持續成長，但已發展的先進國家裡，嚼食口香糖的習慣似乎一去不回」，有個羊毛出在羊身上的推論是：口腔芳香用品之變化與發達，侵略了口香糖曾在二十一世紀初達到最雄強的市場。但我懷疑也有原因是，智慧手機讓對抗無聊這事出現更大的精神位移，如果回頭參照，例如美國吧，過去五年智慧手機在全美成年人口裡的持有率，恰從二〇一一年的35％直升到二〇一四年的68％，平板裝置由二〇一〇年的3％暴漲至45％。推播，小遊戲，照片，六秒影片，新聞快訊，即時通信，社群媒體通知，都是源源不絕虛擬即棄一時口甜的小膠塊，無差別堵塞著你有用與沒有用的時間，照道理而言，現代人存在的無聊自此不該再成問題了吧。照道理而言。

不過現實中能擊退惡的往往不是善而是更加的惡。制伏無聊的，原來也不是重新繪製意義格線，而是更龐大更擅於裝忙的紊亂，是鞭炮般喜氣洋洋的索然，資訊抽搐的電脈衝成為它自己的永動機，從此沒有最無聊，只有更無聊。

§

吃剩的訊息渣，嚼過的口香糖，令人最沮喪部分在於那結果。變成灰的。僵硬了。光滑渾圓吐出來被指尖捏出髒髒濛濛的指印，像銷量下滑那樣都代表第一世界裡小奸小惡、不必發動同情的煩惱。把它沾結在小女生的長頭髮上，補習班的長桌底下，公園椅子，最爛是計程車門內側開門把手旁那個著力的小凹槽裡，有次這樣黏到手上，頓時竟有點開悟似的，好像愈介意雙手衛生的人就愈容易招來髒東西。西雅圖有個讓我感到超級可怕的觀光景點，是九〇年代以來無數觀光客紛紛將嚼過的糖渣黏在一堵街牆上成為獵奇觀，七彩十色，刻意為之的牽扯線條，遠看是有點像一幅Pollock，光看照片都令人神經質幻覺出異味或覺得要被傳染流行性感冒。這種因人我親疏體感界線產生的嫌惡心很有趣，乍想理所當然，但絕對不理智，我們總直覺陌生人的體液必然比自己更穢惡，更危險，更多一點細菌，事實卻當然未必。科學知識因其客觀有據，反而有助於鞏固許多不怎麼科學的主觀信念，似乎是說，人的各種道理最後總會歸結成一種沒有道理。

像一直吃著每一種口味都有模有樣的口香糖。然後又一直吐掉。

這樣一說，忽然記起其實也有件這樣的事。很久沒想起來了。

多年前我與G初識，在市區進行誤點的晚飯，大雪沉重之夜，人們都留在家，酒館整晚又鈍又慢像一條冰河，漢堡玉米片捲心菜沙拉吃得人很呆滯，便說不如開車去附近郊山小丘看看雪跟林子。離開卡座時我一邊纏繞圍巾，一邊看見G經過櫃檯向酒保小聲要一片口香糖。

此前他並沒有這習慣。那瞬間我腦子有點閃爍，好像知道了什麼其實也不太知道的事，暖氣烘得我昏頭昏腦地就跟在後面接著也討了一片。

很奇怪，下雪時大自然特別地嚴肅，星月遠遁，鳥獸息交絕遊，松樹們都立正，天地有迎接的氣質。山裡許多路段不備照明，必須開遠光燈，平時宏亮的光線此時幾乎是竭盡全力，非常困難推開一路瀝青那樣黏稠的黑夜，車子經過又流攏回來。我不記得在那條路上聊過什麼或電臺放了什麼音樂，但記得前後與對道一輛車都沒有，記得口香糖一點一點糖質放盡，一秒一秒萎縮成小小的死膠。在舌根作梗，口感討厭。

因為實在太暗，最後只能遇見稍微開闊的地方就隨便停下車，一側是白雪覆蓋的黑林子，一側在遠景中飄飄蕩蕩是城區一角燈火。半認真討論有沒有可能一隻鹿跑出來的同時，也就非常自然地親吻了。那是彼此認識接近後初次的吻。或許是雪天氣也或許是檸檬薄荷留下的嗅覺，一切很安寧，很悠久，很不複雜。如果吻這事也有什麼最抵本真的理型（那個世界公斤原器 Le Grand K），那我想這個很接近了。

當然，你大概也像我一樣，看見他傾身從酒保手裡抽一片口香糖的時候，已經預感G決定要在這個晚上親吻女孩，渾渾噩噩跟著要一片，也是直覺提出了回應。這漫長綢繆的先行。我想，如果當時拿來的是口氣清新錠，口含片，或是紅白條紋的薄荷硬糖，甚至是時髦餐廳洗手間裡常備的迷你漱口水（可怕！），一切就會非常非常地不對勁。必須是口香糖。

看起來，若是一覺醒後，真的再沒有這東西，也會有點迷惑悵惘。

日後雖然不是沒有一些折騰，再過後仍能做朋友。上次見面，都老很多，雖然還沒完全變成渣滓，畢竟大家又是被多咀嚼咬磨了幾年，人生的甜分再低了一點。一個中午約去吃了義大利菜，都是香料與蒜與橄欖油，餐後送上來那種薄荷味涼口硬糖，不過是藍白條紋。我們邊散步邊拆開來吃，我莫名感到有趣，微笑了，走了一段，擁抱作別，說下次見下次見。

然而這也又是幾年前的事了。

我常夢見自己回去那城那國家，劇情套路都是一陣鬧樂亂忙半天，等到離開前夕才拍腦袋想到應該打個電話給G告訴一聲我來了，但已沒有時間見面。重播的夢境我一般有自己八九不離十的梳理，唯有此件，不解其意，黏在腦葉夾層，揪不完全乾淨，放著不理讓它自行乾燥，又些許不自在。有過的事大多為難，除非像西雅圖那堵牆髒得令人生理性地本能起噁心，那麼，真可以說吐就吐的，真可以一口吐乾淨的，其實並不很多。活得像一片口香糖，放棄營養的責任，帶著錯覺的清新，講起來好輕好輕，但若深究到底，真正去深究到底，也是不那麼容易的吧。更何況，又在這半哀半樂的年紀。

最後的末代將軍

無意讀了一條新聞，說兩周前（二〇一八年九月二十五日）末代將軍德川慶喜的直系曾孫德川慶朝因心肌梗塞過世。

末代將軍身後兒孫其實不少，不過，是由德川慶朝及其父祖一路繼承家系當主的位置到了最後。德川慶朝離婚無子，也曾表明不收養繼承人，所以此一家系就此算是斷了。（當然血統而言是還沒有斷的，另有一名曾孫，目前是靖國神社宮司）。

新聞照片上的慶朝是穿紅色夏威夷衫的瀟灑老伯（！）。職業是廣告攝影師（!!），此外的業餘興趣則非常合於以上形象：自家咖啡焙煎。並以「德川將軍咖啡」之名販售。

生前，過著安閒的退休生活，自己給自己做飯。在一個採訪裡他說：「每一個禮拜有兩三天，到常去的酒吧聽爵士樂，店裡寄酒的威士忌酒瓶上，貼著的標籤是『將軍大人』（笑）」「我是個庶民，對權力或政治一點興趣也沒有，擔負全國人身家性命這種事，太辛苦了。」

他的訃告，日本一眾新聞網站大約兩段帶過。大江大海，無非如此。

【代跋】 大命運上的小機關——於《一席》演講全文

大家好。我叫黃麗群。

很長一段時間，我是記者與編輯，這是養活自己的工作，不過另外還有一個工作是寫作，我寫小說，也寫一些散文，出過幾本書，但對我來說，自稱作家，還是很彆扭。所以通常說，我是一個寫作的人。

一席邀請我做這個演講，正式答應前我苦惱很久。寫作的人應該講什麼呢？我的工作性質比較特殊，專業核心不完全屬於知識性，甚至不太適合口說表達。例如我自己寫作的時候，使用一個詞彙，不單純考慮這詞彙是否適合用在這裡，也考慮這個詞彙的視覺，它在這個位置是不是能引發更多暗示與意象。又比方有些密度比較高，比較抽象的語言，讀可能不費力，可是如果我站在這裡，丁是丁卯是卯地講出來，硬梆梆的，各位恐怕都要情不自禁陷入深深的睡眠。

所以我來之前，跟一席的企劃陸續進行各種溝通。有一次她說，她覺得在我的小說中讀到一種荒誕，與日常生活中的困頓，問我能不能講幾個這樣的故事。

我其實很困惑，其一是我沒有想過要寫荒誕，也沒有想要寫困頓，其二是客觀來看，我的生活與成長跟大部份人其實差不多，並沒有多麼光怪陸離，很平淡。但我也理解她的感受，大家理性上知道一個人內在跟外在不能夠等比例換算，但感性上常常忘記這一點。很多年前有個朋友跟我說，說見到我以前，她預期看到迪士尼白雪公主卡通裡面那個巫婆後母，頭上長兩隻角，穿一件妖魔鬼怪的長袍，指甲這麼長。結果跑出來一個小熊維尼。

可是後來談著談著，我忽然意識到，她說的那個荒誕，那個日常的困頓，那種生活充滿瑕疵的感覺，或許不是荒誕或困頓本身，而來自於我一直無意識地透過「說故事」這動作去追問的一件事。她感受到了這個追問。

我將這個追問的東西，稱作「隨機性」。

§

隨機性這詞彙，聽起來很接近命運，其實不是。不知道各位算命嗎？或者說各位算過命嗎？我自己呢，是一個迷信的婦女，年輕的時候對算命很有興趣，常常聽了哪裡有算命就跑去，也研究紫微斗數跟子平八字，當然程度非常粗淺不值一哂。算命的基本觀點是，人生是可測的，好像我們背後有個不為人知寫好的劇本，我們只是透過別人幫忙提前翻翻看這劇本而已，看看下一場會不會出現帥哥之類的。它常讓我感覺人類命運充滿套路，無非就是「陰差陽錯，悲歡離合」，例如我們常常說，人類史上所有的文學經典，從希臘悲劇以來到今天，追根究底的主題是差不多的，困境也是差不多的，無非怨憎會，愛別離，求不得。

命運是一個規模這麼大的，橫亙在我們古往今來的生活中的字眼。然而隨機性，卻是在這些套路中，出現一個看似絕小的，極為瑣碎的，無關宏旨的細節。它的存在或是不存在，其實不改變命運的軌跡，可是，它能夠對每一場命運，給出一個關鍵性的定義。

重點是它沒有邏輯，是自然中真正不可測的神祕。如果命運像一塊蛋糕，隨機性就是鹽，或者糖，或者那一絲似有又若無檸檬的酸味或香氣，極為細小，極為飄渺，可是，是它們決定了滋味。

我講一個跟自己有關的故事，或許可以比較清楚解釋這個概念。

我父親過世的比較早，大概是我小學五年級的時候，十歲或者十一歲吧，原因是交通意外。我還記得那一天是這樣的。我放學回到家沒多久，吃晚飯前吧，我父親回來了，這在我家是一件很稀奇的事情，因為他是非常外場，非常海派的人，講白話就是愛玩，他有各種各樣的朋友，各種各樣的朋友都喜歡他，每天招他吃飯喝酒，我的記憶中每個禮拜他大概頂多只有週末其中一天在家吃飯。所以那天就很稀奇，我當然也很高興，我還特別問他，我說你今天不出門了嗎，他說對他今天不出門，我就特別高興，我們就在那裡吃飯。

晚飯吃到一半，電話響了，我聽他在那裡講，那個口氣，心裡就知道一定又有朋友找他出去了。果然他講完電話就說誰誰誰找他，他要出門，我母親就在那邊招呼他換衣服。

我就非常不痛快，一個人坐在餐桌上喝湯，我還記得那時候我家的餐廳跟客廳中間做了一面隔間的架子，上面有一層一層錯落的玻璃隔板，我母親就在那上面放一些鮮花啊，小擺飾啊，我父親出門的時候，她站在客廳邊上，透過那個架子喊我，在這裡不好意思說小名是什麼，總之就是叫我的小名。然後說他要出門囉，掰掰噢。這樣。我都記得他當時是帶著一點，怎麼說，有點不好意思，甚至有點討好的口氣。那我很不痛快啊，我就抬起頭看他一眼，然後低下頭喝湯。不理他。他是一個對小孩子很寬厚的人，沒有怎麼樣，大概笑笑出門了，那天晚上就出事了。

對我來說，童年喪父是命運一種樣板式的套路，這世界上無數人有這樣的經歷，但是，當時我產生了一個瞬間、產生了完全不可測的一念。我其實也可以心不甘情不願應一聲，甚至抱怨一句都好，我說一句你很討厭你趕快回來都好，但我就是沒說話。這個反應其實也不會影響最終的結果，可是，它為我與我父親的關係下了一個決定性的註解，就是我沒有一個機會告別，而且那個沒有機會不是因為某一種不可抗力而錯過的，不是誰剝奪的，而是我自己掐掉的。

§

所以我自己一直以來看電影啊，讀小說啊，好像也都會特別注意像這樣的細節。有一位日本名導演叫做小林正樹，跟黑澤明是同代齊名的大導演，相較於黑澤明，我自己更喜歡小林正樹，他有一部片子叫《切腹》，故事也非常簡單，他講一個岳父怎麼樣幫他女婿報仇的故事，聽起來很腐啊。說是報仇，其實更近於出一口氣，並且為了出這口氣，用飛蛾撲火的方式去撲向必死的命運。是把自己完全搭進去的那種方式。這聽起來更腐了。

故事是這樣的，這個女婿，是個落魄武士，他的主家已經滅亡了，以教漢學為生，但是太窮，兒子又生重病，所以最後他連自己的佩刀——各位知道日本的武士佩刀就跟命一樣，他連這個佩刀都當掉了，但是為了維持那個樣子，身上就帶把竹刀。

後來他動了一個腦筋，就是跑去另一個很大的家族的宅第門口說，「我是一個已經失去主家的武士，想在這裡切腹，請成全我的體面。」

那時有個不成文的默契，碰到這種人多半是心照不宣，給點小錢打發走算了，表面上說，啊呀，這個金錢是敬佩你的忠義，但是這裡不方便切腹，請另往他處去吧。當然誰也不會追究這些拿了錢走開的浪人最後到底有沒有自殺。

可是那一天，這家族裡的一個高級家臣就忽然覺得，不行，你說出來就要做到。於是這女婿就有點騎虎難下，真的被逼上那條路了。但如果只是如此，這個岳父也不會去報仇，重點在於：他們並沒有給女婿一把堪用的刀，他們說，你不是武士嗎，武士切腹就應該用自己的刀。

各位還記得前面我說，他的刀已經當掉了嗎？他們要他拿那個竹刀切腹。

竹刀有多鈍哪，他把竹刀插到自己肚子，插進去，當然也切不開，就硬拉，非常痛苦。這樣的生不逢時，或者一場無奈的死亡，是命運；可是那把竹刀，就是那個隨機性，是那個家臣的一念撥動了機關，往這兒或往那兒去。那一念不完全是惡意，他就是選擇了某種價值，然而最後這把竹刀就是永遠插在所有人的心上拔不出來。

或者是我以前讀過一篇汪曾祺的短篇小說，叫做〈黃油烙餅〉，這篇小說非常淡，講一個小男孩，叫蕭勝。蕭勝小時候跟他的奶奶住在一起，父親母親在外地工作，有一天父親帶回老家兩罐黃油，就是奶油，裝在玻璃瓶裡，一直捨不得吃，每天擦擦那個玻璃瓶，油汪汪的，黃澄澄的，很好看。後來奶奶死了，其實是餓死的，為什麼餓死？口糧不夠，蕭勝就被父母接到口外一起生活。

跟父母生活一陣子之後，父母的單位也鬧饑荒，只有幹部吃得好，還能吃黃油烙餅，大家都聞到黃油烙餅的味道，但蕭勝家只能吃粗食，他就一直纏著父母問，為什麼他們吃黃油烙餅，為什麼他們吃黃油烙餅，他父親被他問到沒辦法時，他母親忽然站起來，把那兩罐又從奶奶家帶回來的黃油拿出來，抓了一點白麵，攤了兩張黃油餅給蕭勝。

小說裡寫，蕭勝吃了兩口，覺得真好吃，然後忽然痛哭起來，大喊一聲，奶奶。

在這樣的大歷史中，有無數家庭身上覆蓋了同一齣時代的悲劇，可是小說裡，是這瓶不知從何而來、也不知從何而去的黃油出現了。是這瓶黃油，讓蕭勝跟他的家人在咀嚼這場饑餓的命運的時候，口中出現了極為複雜的滋味。汪曾祺在小說最後兩句，用極為含蓄的筆觸，鋪開這個層次，他寫，「烙餅是甜的，眼淚是鹹的」。

§

你可能會問，所以要說的是一種殘酷嗎？其實也不一定，我二十幾歲的時候，確實比較注意到不愉快的那一面。我覺得每個人年輕的時候都有這種傾向，就是特別容易痛，渾身神經末梢都張開的，世界任何碰撞，都讓你遍體鱗傷。我現在奔四了，完全是中年人，我不知道在座有沒有年紀跟我相近的朋友，我常覺得這個年紀就是站在路中間，那我現在腰椎也不太好，所以，你就是一面站在路中間，一面扶著你已經不是很好的腰椎，喘口氣，往前看看之後的路還能怎麼走，再往後看看之前是怎麼走來的。我覺得年輕時不會這樣看，年輕就是一路向前，不向前也不行，後面各種東西滾滾地追你：上學，考試，升學，談戀愛，失戀，再談戀愛再失戀，或是找工作，工作，辭職，再找工作，再辭職……但經過這些之後，活到現在，我開始漸漸感覺到它的另外一種可能性。

§

年初（二〇一七）發生了一件事情，有一天我特別閒，真的是閒得發慌，我就想來整理一下舊箱子好了，我家不大，就是三房兩廳的公寓，東西不多，可以說是少的，然後我從小到大搬過很多次家，有一句話說「三搬當一燒」，我家不知道經過幾燒了，所以那些舊東西真的沒有什麼好整。那一天我不知道為什麼，好像鬼使神差，在那邊翻，咦，居然有一疊文件，咦，我居然沒看過。

裡面是我爺爺的一些證件，大多數沒有什麼用，其中一張是一個獎章證書：獎章本體應該早就弄丟了，但跟著獎章發下的證書還在。

這時我意識到一件事情，就是原來我不認識我的祖父。

我知道他是一九四九年跟國民黨到臺灣的軍人，其餘完全不明白。家裡似乎因為一些我自己也不知道的原因，對我祖父生平絕口不提。我祖父同樣過世比較早，大概我四、五歲的時候走的，但他前半生的事大人講都沒有講過。我家不是一個沉默寡言的家族啊，我家是個很愛講閒話的家族啊，所以這不是很合情理。不知道各位能不能體會這種感覺，好像你眼前一直有個東西遮著，忽然打開了。

回頭說那張證書。那張證書上面寫的是，戰車第一營中尉某某某，因緬北戰役有功，所以頒發什麼什麼乙種一等獎章。說起來很汗顏，此前我根本不知道緬北戰役是什麼。戰車第一營又是什麼，聽都沒有聽過。但是感謝網路，我就做了一些功課。那是二戰時期太平洋戰區當中的一段戰線，而在它當中又有一場關鍵性的戰役，叫做「瓦魯班戰役」，瓦魯班戰役成功完成了戰略上的推進目標，還繳獲日軍第十八師團的關防，繳關防是個很大的事情，這場戰役當中的主力部隊，就是我祖父所屬的戰車第一營。同樣也感謝網路，當時這支部隊的營長趙振宇，日後寫回憶錄，有一段是這樣說的：

「戰一營在瓦魯班大捷後稍事整頓，在翻過丁高沙坎的一處隘口後，即遭到隱匿在山背後原始森林中的敵人戰防砲猛烈轟擊，首當其衝八號車立刻著火，排長黃德信中尉也因戰車著火跳出車外，被敵人戰防砲射中腰背，砲彈在他背上劃出一道血淋淋的溝，鮮血染紅了全身，幸虧美軍的裝備齊全，即時將他用輕型飛機空運至印度東部的野戰醫院才保全了性命。」這位黃德信中尉即是我的祖父。

§

為什麼是美軍呢，因為「戰車第一營」是支有點奇怪的部隊，它是裝甲兵，開坦克車的，然而編制上不屬當時的國民黨，屬於美軍史迪威與布朗的盟軍隊伍。它的人員來自黃埔軍校，裝備與訓練來自美軍，補給物資來自英軍。指揮權也屬於美軍。

我想起我母親說的一件事，她說以前到了夏天，我祖父擀麵做大餅，會穿白色的棉紗背心，他背上有一個很大的傷痕，大到像是半個背都被削掉，他說我祖父母都是很簡單地說，打仗受傷的，其他也不怎麼談。

跟隨著這個線索，我繼續研究瓦魯班戰役以及戰車第一營的歷史。如果我祖父是高級將領我一點都不需要費這些事，可能就算我不想知道都有無數人跑來跟我說，但他並不是，他最後中校退役，而且極可能是牽涉進政治事件湖口兵變而退休的，所以除了我手上一些資料、回憶錄與口述歷史的線索，也沒有別的有趣進展。

這時我注意到兩張照片。

這兩張照片是一九四四年美國的《Life》雜誌，大約是在瓦魯班戰役之前，因為採訪戰一營與史迪威，做了類似「史迪威的中國坦克軍」之類報導，所留下的照片。

上面的臉我一看嚇了一跳，這既是我記憶中祖父的笑容，也是我記憶中父親的臉。這個戰地攝影中的無名者，會是我祖父嗎？各位不要笑我，我真的不是滿大街認爺爺，爺爺不能亂認，但這張臉實在太蹊蹺了。

各位請看右邊這張照片裡的坦克，上面有個圓形，以及那個八號，都是有意義的，我就跑去圖書館查明當時的編制、裝備記錄，還有口述歷史跟回憶錄的細節，做過很多比對跟查證，加上我祖父年輕時的照片、又給我家族中的成員認一認……凡此種種，那個比對跟查證的細節，他們說太無聊，叫我不要多說，所以在這裡我就不細講，不過最後結論是，這輛坦克，正是我祖父當時擔任排長時的所屬的排長車，這個照片中的無名氏，有百分之九十七就是那個我來不及認識的祖父，另外百分之三，就是我習慣話不要說太滿，所以講百分之九十七。

你問我我當時心裡的感覺是什麼，其實也沒有什麼波濤洶湧啊，大江大海啊，沒有多麼感動。我只是意識到一件事，就是我祖父他是個小人物，是在洶湧的歷史之河中一個過河卒子，是那個一將功成背後的萬骨枯，不管一九四四年的他有沒有在一個無名無姓的狀態下，留下了這張照片，都並不會改變大敘事的歷史進程，也不會改變他個人的生命史。

但是，這張照片就是我說的「隨機性」，就是大命運中的小機關。我曾經在偶然中失去了和我父親說再見的機會，但是數十年之後，又在莫名心血來潮之中，被許多瑣碎的偶然，領到了半世紀前我父親的父親面前，跟他重新相逢。這張照片藏在時間的牆角許久許久，像灰塵一樣，最後飄落在我手中。它為我家族中這個原本帶有一點點悲傷氣息的命運，下了另一個決定性的定義，就是，世間也有著偶然的慈悲。

講到這裡，其實我完全拒絕把這些故事導向一個勵志雞湯的方向，就是給各位說哎呀我們要把每一天當最後一天來活，把跟每個人見面當作最後一面，我認為這其實是非常不健康的，人不能夠每天在這樣高強度的情緒跟不平常的意識中過日子，日子不是這麼過的。我也拒絕把它理解成，啊，這個，生命還是很美好的，什麼什麼的。因為我們非常知道，生命許多時候，一點都不美好。

現在的我，究竟怎麼理解這件事呢？我覺得，就像是今天，我跟各位，我們站在這兒，坐在這兒，看起來非常平淡，一點都不出奇，就是一個大家雖然上進，然而十分平靜的下午。但其實，即使是這樣一個毫不出奇的下午，都是我們與無數的不幸，與無數的災難，千鈞一髮，擦肩而過，才能夠得到的片刻。我們的生活可能都是看似平淡的，看似困頓無聊的，可是，其實裡面飽含著不為人知的神祕的隨機性。而作為一個寫作者，或者說不只是文學吧，世上許多許多的創作者、藝術家，終其一生的工作，或許就是對這些大命運之上，各種各樣讓人目眩神迷的小機關，提出永不休止的，永恆的追問吧。

新人間叢書 283

我與貍奴不出門

作　　者——黃麗群
執行主編——羅珊珊
校　　對——吳如惠　黃麗群　羅珊珊
封面設計——朱　疋
行銷企劃——王小樨

董 事 長——趙政岷
出 版 者——時報文化出版企業股份有限公司
108019臺北市和平西路三段二四〇號四樓
發行專線——（〇二）二三〇六六八四二
讀者服務專線——〇八〇〇二三一七〇五　（〇二）二三〇四七一〇三
讀者服務傳真——（〇二）二三〇四六八五八
郵撥——一九三四四七二四時報文化出版公司
信箱——10899臺北華江橋郵局第99信箱
法律顧問——理律法律事務所　陳長文律師、李念祖律師
印　　刷——勁達印刷有限公司
初版一刷——二〇一九年四月二十六日
初版八刷——二〇二一年一月二十一日
定　　價——新臺幣三二〇元
（缺頁或破損的書，請寄回更換）

時報文化出版公司成立於一九七五年，
並於一九九九年股票上櫃公開發行，於二〇〇八年脫離中時集團非屬旺中，
以「尊重智慧與創意的文化事業」為信念。

我與貍奴不出門 /
黃麗群著. -- 初版. -- 臺北市：時報文化, 2019.04
面； 公分. --

ISBN 978-957-13-7792-6（平裝）

855 108005703

ISBN 978-957-13-7792-6
Printed in Taiwan